La collection
RÉVERBÉRATION
est dirigée par

gaëtan Lévesque

UN PARISIEN AU PAYS DES PINGOUINS

STÉPHANE LEDIEN

Un Parisien
AU PAYS DES PINGOUINS

récits

RÉVERBÉRATION

Catalogage avant publication
de Bibliothèque et Archives nationales du Québec et Bibliothèque et Archives Canada

Ledien, Stéphane

Un Parisien au pays des pingouins : récits

(Réverbération)

ISBN 978-2-923844-90-9

1. Ledien, Stéphane, 1973- — Romans, nouvelles, etc. I. Titre. II. Collection : Réverbération.

PQ2712.E34P37 2012   843'.92   C2012-940030-0

Lévesque éditeur remercie le Conseil des Arts du Canada (CAC)
et la Société de développement des entreprises culturelles du Québec (SODEC)
de leur soutien financier.
Gouvernement du Québec — Programme de crédit d'impôt
pour l'édition de livres — Gestion SODEC.

Lévesque éditeur
11860, rue Guertin
Montréal (Québec) H4J 1V6
Téléphone : 514.523.77.72
Télécopieur : 514.523.77.33
Courriel : info@levesqueediteur.com
Site Internet : www.levesqueediteur.com

Dépôt légal : 2ᵉ trimestre 2012
Bibliothèque et Archives Canada
Bibliothèque et Archives nationales du Québec
ISBN 978-2-923844-90-9 (édition papier)
ISBN 978-2-923844-91-6 (édition numérique)

Distribution au Canada
Dimedia inc.
539, boul. Lebeau
Saint-Laurent (Québec) H4N 1S2
Téléphone : 514.336.39.41
Télécopieur : 514.331.39.16
www.dimedia.qc.ca
general@dimedia.qc.ca

Distribution en Europe
Librairie du Québec
30, rue Gay-Lussac
75005 Paris
Téléphone : 01.43.54.49.02
Télécopieur : 01.43.54.39.15
www.librairieduquebec.fr
libraires@librairieduquebec.fr

Production : Jacques Richer
Conception graphique et mise en pages : Édiscript enr.
Illustration de la couverture : © Donkeysoho/Isa Marcelli 2011
Photographie de l'auteur : Dominique Lalande

À Chérie, bien sûr.

Aux fils, frère, sœur, parents,
amis laissés en France.

Et à tous les immigrants
pour qui ce fut aussi un choc thermique.

Les Européens ont un avis sur tout, même sur les poignées de porte.

UNE AMIE DE CHÉRIE

Machines de guerre

— C'est quoi, ce bordel?

Le fracas m'assaille en pleine nuit. Et avec lui, le cligno-tement hypnotique d'une lumière qui se projette, amoindrie, sur le mur de la chambre.

D'un bond, je gagne la fenêtre à guillotine — très typique, mais quand on est Français, on n'oserait pas y passer la tête : question d'Histoire… —, tente un regard ensommeillé à tra-vers le rideau que la lueur du gyrophare rougit. Déjà, ces sons et lumières de la rue ne sont plus que l'ombre d'eux-mêmes. Il ne reste au sol que des traces de chenilles, ou que sais-je encore. La neige a été balayée, tassée, emportée dans un souffle, celui-là même que j'entends toujours au coin de la rue.

— Les camions à neige, mon amour.

Je vois. Enfin, non, je ne le vois pas, puisque l'engin est déjà reparti à l'assaut d'un autre pâté de maisons.

Je me souviens vaguement d'avoir vu débouler ces mas-todontes motorisés il y a de cela deux, trois soirs, lors d'une « petite » tempête de neige, à la gare routière de Sainte-Foy. Deux engins chargés de déneiger les voies et roulant à toute blinde l'un vers l'autre, un duel de caribous géants en ver-sion robotisée et futuriste. L'un d'eux était monté à l'avant d'un énorme cône qui devait réserver un sort fatidique à la neige. J'hésite entre l'image de la moissonneuse-batteuse qui récolte la tempête, et celle de la machine de guerre annihi-lant tout sur son passage.

Et dire qu'au même moment, Paris et une bonne partie des régions hexagonales d'ordinaire peu enneigées sont aussi la proie des poudreuses précipitations. À Paris, dix centimètres de neige et tout est bloqué : bande de rigolos !

Comme j'ai raté l'attraction — le tonnerre mécanique de cette nuit — je retourne au lit. Mais, de nouveau, le grondement de l'engin envahit la rue, la pièce, ma phase de sommeil paradoxal.

— Va voir ça, mon amour, ça vaut la peine !

Sûr. Mais une fois de plus, je ne vois rien. Sauf les traces de son passage furtif. Et, en guise de neige, un champ de ruines de flocons.

Je me recouche pour de bon ; au loin, j'imagine leur conquête, les blindés repoussant l'ennemi blanc-poudreux jusqu'aux abords des trottoirs où il s'entasse vaincu, lessivé, avant les prochains renforts tombés du ciel.

À Paris, tu ne risques pas d'être réveillé en pleine nuit par les camions à neige, me dis-je.

En revanche, il y a de grandes chances que tu le sois par ceux des poubelles.

Ah ! Paris…

« Bonne chance au pays des pingouins ! »

Avant le Canada et surtout le Québec, il y a eu la France, l'Île-de-France, la Seine-Saint-Denis. Partir loin, du jour au lendemain ? Par amour du pays d'accueil — et même par amour tout court —, la perspective fut engageante. Plus, en tout cas, que le climat hivernal de la destination, dont on ne tarissait pas d'éloges frigorifiques.

Partir loin, c'est d'abord faire le tri, se débarrasser d'un trop-plein — d'objets, d'accessoires, et même de souvenirs encombrants.

Passons sur les « oh, ça, je le garde ! » et les « bon, ce mur de DVD, franchement, ça ne va pas le faire ».

La maison ? Je serais bien parti avec, et Chérie l'aurait volontiers adoptée sur place. Après une mise en vente végétative, j'ai confié le mandat à une autre agence immobilière. En deux semaines c'était plié. Compromis en août, signature en novembre, c'est un proverbe qui siérait à tout climat de départ entamé en été et conclu à l'automne. Noël au balcon et Pâques aux tisons, entre nous, ça ne fonctionne qu'à moitié. Et encore ; ici, le balcon, il faut le déneiger régulièrement — et je dis ça, nous ne sommes que début décembre.

Restait la voiture. « Il me faut la carte grise si vous comptez aussi importer votre véhicule » m'avait indiqué le déménageur international. Non, merci. Déjà qu'en France, Renault, ça ne roule pas super… Ma Mégane au Canada ? Je n'y vois pas d'appellation propice au rêve. Plus un flop qu'un hit, à coup sûr. À noter, pour la petite histoire, que la légendaire R5 fit aussi fureur dans ces contrées québécoises. Dans les années quatre-vingt, il n'était pas rare d'en croiser sur sa route, et encore moins d'en conduire une, me confie Chérie avec un air espiègle. Mais cela est une autre histoire. Celle de Mégane s'arrête en France. Petite annonce sur le Net le samedi soir, trente appels le dimanche midi. Le second visiteur-testeur fut le bon. « Je la vends parce que je pars loin », dis-je pour couper court à toute interprétation. Je précise à l'heureux élu le lieu de ma villégiature. Mon affaire fait la sienne — enfin surtout celle de sa fille. Marché conclu, donc. Poignées de main énergiques, sourires sincères, échanges rieurs. Le type, d'une bonhomie réellement attachante, simule une crise de froid, se frottant vigoureusement les bras comme un hurluberlu perdu sans anorak sur des pistes de ski de fond. « Bonne chance au pays des pingouins ! » me lance-t-il, mi-hilare, mi-compréhensif face à la vague de froid que j'affronterai très bientôt.

Coïncidence amusante : le chauffage de ma voiture ne fonctionnait plus, depuis l'hiver d'avant.

De pied en cap

Peu de temps après mon arrivée, j'ai déambulé dans quelques galeries commerciales à la recherche de vêtements couleur, pardon : chaleur, locale.

« Tu vas avoir besoin d'un nouveau manteau. Et aussi de bottes. » Chérie avait été ferme. « Mais, ma chérie, j'ai déjà ce qu'il faut pour l'hiver ! » Réitération : « Tu vas *vraiment* avoir besoin d'un nouveau manteau et de bottes adaptées ». Était-ce un conseil appuyé ? Plutôt un ordre de bonne préparation à la saison du froid, émis dans ce qu'on pourrait appeler un « impératif d'amour » — quelque chose dont les Françaises, hum, heu, ne sont pas capables.

Me voilà donc en plein saute-moutons de consommation à la recherche d'une veste canadienne et de chaussures conçues pour ces contrées. Fin de la séquence lèche-vitrines. Au fait : ici, préférez le terme « magasinage », du verbe « magasiner », dérivé autrement plus sympathique et acceptable que le mot shopping. J'ai trouvé mon bonheur textile dans une boutique où le vendeur dissertait à loisir sur le bon esprit de droite et néolibéral d'une chaîne de télévision locale réputée pour son manque de pudeur et d'élégance intellectuelle. Quand j'ai osé la comparaison avec notre TF1 globale, il a acquiescé plus vite que l'ombre de sa zappette imaginaire. La médiocrité des *reality show* est interplanétaire. *Anyway* ou en tout cas, ponctuerait un Québécois. Fin, du même coup, du débat culturel ou, devrais-je dire, victoire de l'unanimité de l'inculture commune à toutes les télévisions commerciales du monde.

Avant de quitter le centre commercial, un exposant nous apostrophe amicalement, Chérie et moi, sollicitant notre aide pour recouvrir son espace de vente de housses et de bâches de protection. Toujours partante pour un coup de pouce, Chérie dit oui ; je confirme la bonne intention en bon Français qui a le chic pour tout compliquer, c'est-à-dire en alignant plus qu'un simple mot. On ne se refait pas. « Toi, t'as un accent, mon gars ! » exulte le commerçant. Chérie aussi lui semble-t-il. Laquelle rectifie : à force de côtoyer des hexagonaux, il se peut que son adorable sonorité locale en soit amoindrie.

Le marchand revient à moi. « Ça fait combien d'temps qu't'es ici ? »

Je lui réponds que je viens, pour ainsi dire, d'arriver. « OK. Hey, alors faut qu'tu t'prépares pour l'hiver : des bonnes mitaines, là, pas des gants ! » En français de France : des moufles ; les doigts pris ensemble sont bien mieux réchauffés, croyez-en mon expérience. « Hey, pis une tuque. » Le mot « bonnet » désigne ici ce dont on coiffe les bébés ; mais comme j'ai entendu une célèbre metteure en scène et réalisatrice du pays, Denise Filiatrault, déclarer que les Français « sont des bébés et chicanent » — râlent, chipotent, se chamaillent — « pour tout », je me dis qu'il existe inconsciemment un lien. « Pis un foulard, aussi, mon gars. » Le terme « écharpe » est peu usité. « Pis un gros manteau et des bottes, et des caleçons, aussi. » J'approuve. D'ailleurs, c'est fait.

Pour les longs caleçons auxquels fait référence mon interlocuteur, on parlerait volontiers de collants en France ; Chérie, quant à elle, tranche : « des combines ».

La bonne combine pour ne pas se peler les miches, c'est donc de porter des combines ?

Comme l'attirail décrit, le marchand s'avère définitivement chaleureux. Il me serre la main et conclut pour l'accueil : « Bienvenue au Québec, mon gars ! »

Même s'il ne l'a pas évoqué, j'ai appris depuis que « chaussettes » ici se disait « bas », et slips ou caleçons, « bobettes ».

Paré pour l'hiver, je vous dis.

Parlons chiffons, ou de la pluie
et du beau temps

À quelques semaines de mon départ, je me souviens être allé au bureau de poste tout près de la gare Saint-Lazare, rue de Berne. Une fois réglée l'obligation de correspondance qui m'y avait amené, j'exprimai le désir de saluer une dernière fois l'employé, lequel m'avait souvent servi avec sympathie et le goût du travail administratif bien fait. Voyez : ne comptez pas sur une critique du service public français, j'ai toujours estimé qu'il fut longtemps exemplaire — jusqu'à ce que l'idiosyncrasie capitaliste plante la mauvaise graine de la privatisation dans l'inconscient politique. Ce n'était qu'un au revoir, mais sincère.

En m'entendant énoncer ma destination prochaine, agrémentée des détails climatiques certes peu engageants mais tellement typiques, un client dans la file à côté y alla d'un ironique et appuyé : « Ah ! bah, ça donne envie… » Ce disant, l'homme n'ignorait pas que dehors tout était gris, pluvieux, pollué, et quotidiennement soumis à une insupportable et excessive affluence automobile.

« Ah ! bah, ça donne envie. » Paris, en octobre… Gris… Pollué… Surembouteillé, comme toute l'année d'ailleurs… *Come on !*

On peut le dire : le blanc manteau québécois de novembre prête plus à la rêverie que le pardessus sale de l'automne parisien.

Interlude douanier

J'ai atterri le vingt-deux novembre à Montréal. Avant de prendre un autre vol pour Québec, vingt minutes d'avion tout au plus, d'ailleurs retardées pour cause de neige et de pluie verglaçante, il m'a fallu passer par la douane et le bureau de l'immigration. Presque cent quatre-vingts jours de visite constituent autant de raisons pour les agents de l'immigration de suspecter une installation disons… pas très catholique. L'allusion ne manque pas d'à-propos, puisqu'une bonne partie de la population canadienne croyante s'identifie comme catholique (plus de douze millions sept cent mille habitants sur une population totale d'un peu plus de vingt-six millions six cent mille, d'après le recensement de 2001). L'accusé de réception de ma demande de visa a détendu l'atmosphère. Le précieux papier, qui ne signifie rien d'autre qu'une probable régularisation après l'expiration du délai de visite, me servirait aussi plus tard au bureau de « Douanes Canada », place D'Youville, près du Vieux-Port de Montréal, pour l'importation de mes effets personnels — des livres, des vêtements et des verres à vin entassés quelque part dans un conteneur au milieu de l'océan Atlantique — auxquels s'ajoutait un chien jappant d'impatience dans sa cage disposée sur ma valise dernier cri. Rouge, la valise.

En général, on demande son visa et une fois qu'on l'a obtenu, on vend tout et on part.

Moi, j'ai tout vendu et je suis parti sans plus attendre.

Sourire amusé de l'agent à l'aéroport lorsque je lui relate mon parcours récent : « Dans le fond, vous avez juste brûlé les étapes. »

Vins et fromages

J'ai emporté avec moi quelques habitudes ; j'ai mis les bonnes dans mes bagages et laissé les mauvaises à Paris. Pas sûr qu'une ou deux ne m'aient pas suivi malgré tout, mais bon. Ainsi, une bouteille de rouge coincée entre deux tee-shirts — préférez le mot « chandail à manches courtes » sur cette terre d'accueil — et un gros pull-over — préférez encore le mot « chandail ».

Et que serait la dégustation d'un verre de vin rouge sans accompagnement de fromages ?

À mon arrivée, Chérie avait paré à toute éventualité gustative : « Je sais que tu ne termines jamais tes repas sans eux. » Pour d'autres, il s'agirait de la carte American Express. Pour moi, cela s'arrête au brie. Chacun ses richesses. Au dîner — ici, repas du midi — comme au souper — ici, repas du soir, quoique le terme ne prête pas à confusion dans ce cas-ci —, une assiette de fromages m'attendait toujours à la fin des festivités alimentaires.

Le Français a la réputation d'être un gros mangeur de fromages ; sinon, de venir d'un pays où l'on n'a pas son pareil pour concocter les plus odorants et savoureux d'entre eux. De ce côté-ci de l'Atlantique, si la neige persistante peut en surprendre plus d'un (surtout les méridionaux), le prix d'un simple brie ou d'un camembert s'avère, lui, carrément désarmant. Et la réaction vaut aussi pour le vin. Rouge ou blanc, peu importe que la couleur change, le prix sur l'étiquette, lui, reste invariablement élevé. Très appréciés malgré tout, le vin et le fromage font partie des plaisirs de la table au

Québec. De la table, mais pas de la vie au sens absolu : la nuance se révèle agréable avec le temps ; on en achète moins, mais lorsqu'on se le permet, on le savoure davantage…

Tiens, avant de refermer ce chapitre viticole et fromager, une remarque : au Québec, ce n'est pas parce qu'on parle le français qu'on ne se met que ça en bouche. Les vins australiens, chiliens, argentins, californiens, sud-africains, dont certains représentent d'authentiques concurrents pour le « bon rouge » français, séduisent aussi les palais. Côté fromages, la diversité est également de mise. Je ne citerai pour exemple que le slogan parlé d'une publicité télévisée vue et revue par votre narrateur : « On fait-tu de bons fromages au Québec ? » Fausse interrogation mais délectation véritable si j'en crois le plateau présenté en fin de réclame.

Ah ! c'est malin : j'ai une soudaine envie de camembert.

Noël blanc
(et de toutes les couleurs musicales)

Maintenant, je sais ce que signifie pleinement l'expression « Noël blanc ». Oh ! rassurez-vous, j'avais déjà célébré des fêtes en douce France, cher pays de mon enfance, sur fond de paysage tranquillement recouvert de blancs flocons.

Mais la magie d'un Noël scintillant de toutes ses illuminations — nous dirons « lumières » au Québec — ne s'est jamais autant déployée à mes yeux que lors de ce premier hiver passé dans la Belle Province. Dès novembre, sur les façades et les terrains des maisons et des immeubles, l'on voit fleurir ampoules, décorations et sapins ornementés. En France, surtout en banlieue éloignée et dans de nombreux quartiers résidentiels, les pères Noël rois de l'escalade fixés aux cheminées, et les colifichets et guirlandes lumineuses en tout genre ne sont pas non plus en reste, mais l'ensemble est parfois si chargé qu'on pressent tout simplement des concours de lumières entre riverains jaloux.

Ne rêvons pas : à Québec, le commerce bat autant son plein qu'ailleurs en période de fêtes. Mais si le kitsch s'immisce dans les décors féeriques de l'hiver, l'abondance de neige immaculée embellit le tableau galvaudé de Noël, rehaussé par l'esprit traditionnel du Canada : des bâtisses de bois rappelant les maisons normandes, construites à l'époque de la Nouvelle-France, l'harmonie des grands espaces, le parfum des résinés, la fameuse chemise à carreaux, le craquement d'une bûche au cœur d'un feu de foyer dont on se délecte comme d'une mélodie de la chaleur humaine… Tout cela respire à chaque coin de rue résidentielle des quartiers les plus remarquables de Québec : Montcalm et ses appartements — « condos » — et maisons jumelées aux portiques et façades de style architectural palladien ; Sillery et ses vieilles demeures familiales, ses cottages rustiques où quelque colombage de style Tudor ou élisabéthain surgit çà et là ; où un porche arqué s'invite à tel étage tandis qu'ailleurs des immeubles d'habitation en briques de caractère typiquement nord-américain dominent la rue sans la neutraliser, mais en lui conférant un tout autre visage. Un univers enchanté allié à une riche programmation radiophonique de jolies chansons, en anglais et en français, de Noël — lesquelles s'agrémentent aussi de nos fameux rigodons du Dauphiné, introduits au temps de la Nouvelle-France et aujourd'hui joyeusement perpétués dans la province — qui insufflent un supplément d'âme à l'événement du vingt-cinq décembre. Il faut aussi voir comme la rue du Petit-Champlain dans le Vieux-Québec s'étend à perte de vue, tel le ruban chamarré d'un immense cadeau de lumières, de couleurs et d'ambiances traditionnelles. La magie opère, et plus encore en musique.

Comme le dit la chanson : « Vive le vent du nord. » Et comme, en plus, au Québec, les sapins sont rois…

Tiens, s'agissant de chansons, j'ai eu le plaisir de célébrer Noël chez des amis de Chérie, guitare et livret de partitions en lieu et place d'une belle dinde rôtie. Le folklore local regorge de vieux refrains et mélodies qui, cette nuit-là, ont brillé d'un éclat bien particulier. On peut bien sûr préférer le foie gras à *Sainte nuit*… Pour ma part, la seule petite indigestion dont je me souvienne ici tient au *Petit papa Noël* de Tino Rossi. En France, quand, gamin, tu en manges à toutes les sauces d'interprétation, tu passes ensuite toute ta vie d'adulte au régime minceur du refrain qui descend du ciel. Le reste du menu, sinon, fut savoureux.

Pour la petite histoire

Le vingt et un décembre, j'ai été invité à fêter le solstice d'hiver, lequel fut magnifié en chansons et en spaghettis. Notre hôtesse, attentive au récit que j'avais en tête, nous a alors gratifiés, Chérie et moi, d'une petite histoire qui rappelle à quel point les mitaines, plus que de simples gants, revêtent une dimension mythologique du Grand Nord canadien.

Un ami — ou l'ami d'un de ses amis, pardonnez l'imprécision — australien récemment débarqué dans la Belle Province s'était emmitouflé jusqu'au bout des ongles avant de sortir tâter de la belle poudreuse tombée dans la nuit.

Comme il s'y était pris de haut en bas pour sa chaude entreprise de recouvrement vestimentaire, il se trouva fort dépourvu quand le moment de lacer ses bottes fut venu…

Il y a aussi cette autre histoire — authentique — de Kevin (je dis Kevin, mais j'aurais pu dire Johnny, Richard ou même Michael) qui, du haut de ses, quoi, quatre, cinq ans peut-être, débarque de sa Californie natale en plein hiver québécois et se met en tête de faire des châteaux de sable avec la neige, à mains nues évidemment. Sans avoir vu la scène de mes propres yeux, j'imagine tout à fait la réaction de l'enfant, son visage poupin passant d'une sensibilité extrême à l'autre, de l'enthousiasme chaleureux au désappointement glacial.

Applaudissements de mitaines

Gardez les mains sorties de vos poches, elles vont encore servir. Je ne sais pas si vous avez déjà assisté à un concert de musique rock en plein air hivernal et par temps de neige, mais l'expérience est vivifiante. À Québec, ville décidément très musicale, un festival du mois de décembre m'a permis de me réchauffer au son de deux, trois groupes de pop-rock-indie venus faire danser et glisser les foules par moins cinq degrés — peut-être plus, peut-être moins —, place D'Youville.

J'en vois déjà qui s'esclaffent : « Et le guitariste, il joue avec des moufles ? »

Donc le groupe se produit sur la scène, couverte, dressée pour l'événement. Du bon son qui, comme on dit dans mon pays natal, « envoie du bois ». Et question bois, dans ces contrées du Canada, on n'est pas manchot. On serait même parfois bûcheron.

Trois groupes se suivent et ne se ressemblent pas sur cette scène de « Relève en Capitale ». Les musiciens tonitruent et bougent en chœur, et quand le rythme s'emballe au son de grosses guitares saturées, ce ne sont pas, sur scène comme dans la foule, les chevelures qui s'agitent d'avant en arrière, comme dans les concerts bien rock'n'roll auxquels j'ai assisté au chaud en Europe. Non, ce sont les pompons, cordons et tresses des tuques que portent les uns et les autres.

Le second « band » s'appelle d'ailleurs Metatuk, excellente formation pop-rock absurde de Québec à découvrir bien calé au fond de… heu, non, à froid, ce sera tout aussi bien. C'est un signe. En guise de fosse devant la scène, une

patinoire offre une alternative plus glissante au pogo endia-
blé. Plus glissante mais aussi plus disciplinée, petits et grands
patinant sans discontinuer sur des riffs ébouriffants. Un peu
plus loin sur l'asphalte ferme, quoiqu'elle aussi glacée par
endroits, deux types esquissent une gigue enthousiaste.

L'atmosphère se réchauffe ; le café brûlant y contribue.

Quand le premier groupe, Midnight Romeo, salue le
public après une ultime performance, j'assiste pour la première fois de ma vie à un tonnerre d'applaudissements… de
mitaines. Voilà un show dans le froid qui aura été chaudement accueilli.

La tire infernale

L'un des épisodes les plus cocasses de mon épopée québécoise remonte paradoxalement à un voyage précédent, une première visite en février de l'an dernier. L'hiver tirait alors à la ligne, mais, malgré ses efforts, ne parvenait pas à se montrer réfrigérant.

Un jour où la température se révélait moins clémente malgré tout, Chérie et moi décidâmes d'aller nous promener — découverte oblige pour moi — dans le Vieux-Québec. Sur la promenade du Château Frontenac, face au Saint-Laurent givré et au pied de la fameuse glissade vertigineuse, je fus initié aux plaisirs gourmands de la tire d'érable. Le principe est astucieusement délectable et délectablement astucieux : on verse dans une auge remplie de neige tassée une louche du fameux sirop, brûlant bien sûr. On roule ensuite la tire, que le froid solidifie peu à peu, autour d'un bâtonnet, et on la savoure ainsi présentée comme une sucette.

Ô drame, ô gourmandise ennemie ! Que n'ai-je été trop hâtif dans la dernière étape ! Sitôt le bâtonnet retiré de l'auge, voilà que le sirop d'érable se mit à s'effilocher, se répandre en traînées d'ambre et de sucre endiablés sur mon menton. Et sur le col de mon blouson. Et sur mes gants (je n'avais pas encore de mitaines). Et sur mes manches. Et, bref, partout — au moins tout ce qui eut le malheur de se trouver sur le chemin de mes mains dans le périlleux trajet qui devait les mener à ma bouche. L'écharpe et le blouson lui-même, dans ses grandes largeurs, n'y échappèrent pas.

Éclats de rire de ma dulcinée, sourire compréhensif du vendeur de tire, qui m'apprit que j'avais fait presque aussi bien qu'une fillette quelques jours avant.

La malheureuse s'était retrouvée avec du sirop coagulé jusque dans les cheveux. J'eus quand même le plaisir de déguster le peu qui n'avait pas encore coulé. Verdict : je me suis autant régalé que mes vêtements. Mémorable expérience où l'expression « souffler le chaud et le froid » prit tout son sens.

Détail amusant : le vendeur était Français.

L'histoire ne dit pas si la fillette dont je n'ai pas réussi à battre le record de manipulation coulante et collante l'était aussi. À nous deux, nous aurions très certainement formé un *dream team* « bien de chez nous » de la dégustation de tire infernale.

La règle du jeu

L'une des joies des longues soirées d'hiver s'épelle tout entière dans le scrabble. Ah ! le scrabble. Vous piochez vos lettres tandis que tout près, le feu crépite dans la cheminée — en huit lettres, sans les flammes. Vous êtes alors fier d'aligner, le torse bombé et l'œil gouailleur, un mot de niveau de langue élevé, lequel s'insère parfaitement dans le jeu.

Au tour suivant, Chérie y greffe le sien. Et là, stupeur. Je me jette sur la règle, mais rien n'est mentionné à ce sujet. Évidemment.

Chérie s'insurge : « Tu penses-tu que mon mot n'est pas correc' ? » Petite parenthèse, le « tu » ajouté après le verbe, quelle que soit la personne du sujet, correspond à une ponctuation très courante et joviale au Québec ; exemples : « Il se passe-tu quelque chose ? » ou « C'est-tu ta voiture stationnée là-bas ? »

Pour le coup, lui expliqué-je, je ne suis pas sûr du tout que le mot « platte » soit acceptable. Mais bon, je vois clair dans son jeu : un deuxième « T », c'est un point de plus. D'où ma réponse gonflée de mauvaise foi française : « Heu, c'est pas un scrabble québécois, si ? »

Un partout. Mais à la fin, elle a quand même gagné. C'est platte !

Chien des neiges

Oui, je sais : je vais parler de mon chien, lequel, n'est-ce pas, ne parle pas, c'est pourquoi je raconte à sa place ; et ça va forcément être des « qu'il est mignon dans la neige ! » par-ci et des « oh, le paaaaauvre petit ! mais il tremble de froid ! » par-là. Comme en plus il s'agit d'un bichon frisé (non, pas avec des bigoudis, non, n'exagérez pas), j'imagine que vous avez super envie de passer au chapitre suivant et d'esquiver la séquence émotion du troisième âge devant « 30 millions d'amis », émission également diffusée au Québec — ceci explique peut-être cela. Bref, amis des bêtes, bonsoir, quant aux autres, eh bien, à plus tard.

Sitôt débarqué de l'avion après une longue escale mont-réalaise au cours de laquelle le malheureux n'en finissait pas de se lamenter dans sa cage où il était confiné jusqu'à sa destination finale, mon vieux — quatorze ans tout de même — et fidèle compagnon de route à quatre pattes s'est jeté sur la neige et s'est mis à la laper. Il avait soif de Québec, lui aussi. Après ça, ce furent des semaines d'apprentissage de la saison froide dans les rues recouvertes du blanc et givré manteau d'hiver.

Et que les pattes arrière chassent à gauche puis à droite aux endroits verglacés. Et que l'animal s'enfonce jusqu'au cou aux lieux les moins foulés. Et que le pauvre se mette à frissonner aux abords des trottoirs les plus fréquentés.

Partout où je passe, je vois, j'entends, j'assiste à des débordements d'émotions, aux clameurs désolées mais attendries des petites mamies sorties faire leurs courses : « Oh qu'il est beau ! », « Oh qu'il est sage ! », « Oh, mais qu'il doit avoir froid ! »

D'où ma conclusion sociologique : l'amour que les mémés portent aux petits chiens est universel.

Mais le constat a ses limites : en pleine tempête de neige, vous ne voyez ni n'entendez plus cet emportement affectif. Les rues sont désertes et vous êtes le seul à vous promener — ou plutôt à promener sous la contrainte biologique votre quadrupède pressé d'accomplir ce que la nature lui intime.

En même temps, vous ne voyez pas votre chien non plus : chien blanc sur fond blanc, tout finit par se confondre.

Neigera, neigera pas?

Ah! je me vois encore, le lendemain de mon arrivée, le sourire aux lèvres en contemplant avec un regard d'enfant comblé de cadeaux la nuée de flocons que le ciel québécois déversait sur nos têtes et nos toits : « Oh ! il neige ! »

Tout est dans le « oh ! ». En France, au même moment, je l'ignorais, les précipitations neigeuses s'acharnaient sur les villes et les campagnes, même les moins habituées. Et les gens devaient alors davantage ruminer : « Raaaah… il neige ! » « Oh ! » ici, « Raaaah » là-bas, c'est dans ces nuances de ton et d'interjection que s'incarne la différence d'état d'esprit face à l'hiver, et face à plein d'autres choses aussi, je pense, entre Québécois et Français. « T'es pas chialeux pour un Français » m'a-t-on d'ailleurs parfois lancé en soirée, avec amour et châtiment, car qui aime bien châtie bien, n'est-ce pas. En tout cas. Face à l'étendue immaculée de ces rues et à la danse joyeuse de toutes ces particules de blanc généreusement lâchées sur la Belle Province, mon enthousiasme n'avait rien de feint. Chérie en a bien ri : elle m'imaginait déclamant un « oh ! il neige… » chaque matin, avec un déclin progressif de ma joie véritablement enfantine, jusqu'à ce que l'engouement devienne écœurement. Vous trouverez en effet de nombreux Québécois que la neige, à la longue, exaspère. L'hiver 2007-2008 est à ce titre encore dans toutes les mémoires locales : on parle d'un record historique atteint cette saison-là par — tadam ! — la ville de Québec, avec plus de cinq cents centimètres de neige. Pendant des semaines, les médias avaient évoqué le seuil des quatre cents centimètres, heureuse correspondance avec le quatre centième anniversaire de la ville. Autant dire que ces espérances de célébration furent au final comblées jusqu'à, heu, l'excès.

Cela dit, certaines régions du Québec ne connaissent pas autant d'épisodes neigeux que la « Capitale nationale » : je me suis rendu en Outaouais (ouais !), à la frontière de l'Ontario et tout près d'Ottawa, au jour de l'An, et la neige n'était là-bas plus qu'une réminiscence, un résidu du passé météorologique à peine récent.

Début janvier, en tout cas, nous voilà avec une neige fondue et un mercure descendu jusqu'à moins dix, moins quinze degrés Celsius avec le vent de face. Et je regarde encore à la fenêtre chaque matin, espérant qu'une tempête de neige pointe, désireux plus que tout de donner raison à la femme que j'aime.

Québec-Chamonix, chaud au cœur

Petite soirée d'anniversaire entre amis dans le courant du mois de janvier. L'une des invitées me raconte qu'elle a passé quelques mois en France, à Lyon, mais aussi à Annecy et à Chamonix, où elle n'a absolument pas fait de ski, mais la fête.

Ses déambulations l'ont conduite au pied des pistes où la vue de tous ces amateurs de sports d'hiver, en habits de neige, grosses bottes et tuques, lui ont presque donné le sentiment qu'elle était chez elle, l'impression de se retrouver au cœur d'un village familier. Je me suis rendu compte qu'à travers son bref récit, je redécouvrais la France, une contrée où l'ambiance serait chaleureuse ! Ça ne ressemblait pas du tout à ce que j'avais quitté. En même temps, elle n'a pas omis de me signaler qu'à Paris, ç'avait été « froid et humide ». Là, j'avoue ne pas avoir été dépaysé par ses dires.

En parlant de Chamonix : j'ai surpris quelques semaines plus tard une conversation dans un café. Le patron, Français, confiait qu'il venait précisément de là.

— Dans la vallée, le soleil disparaît à la mi-novembre et ne revient qu'à la mi-mars.

Regard écarquillé de son interlocuteur québécois :

— Pas de soleil *pantoute* ?

Prise de bec

OK, l'acheteur de ma voiture en France avait parlé de pingouins. Mais après mon arrivée, j'ai effectué quelques recherches et constaté que ce qu'on appelle « pingouin » peut désigner deux espèces : le « grand pingouin », disparu depuis la fin du XIXᵉ siècle et qui peuplait l'est du Canada, les provinces de Québec, de Terre-Neuve, du Nouveau-Brunswick et de la Nouvelle-Écosse ; et le « petit pingouin », que l'on trouve certes dans tout l'Atlantique Nord, mais qui n'a rien de spécifiquement canadien. De polaire, à la rigueur : l'oiseau — car il vole, contrairement à son collègue « le grand » disparu — occupe majoritairement l'Islande ou encore les îles Lofoten, en Norvège. Mais on l'aperçoit aussi en Russie, sur les côtes de l'Amérique du Nord et en France, par exemple en Bretagne. Donc, oui, le Québec peut être considéré comme le pays des pingouins, mais pas énormément plus que Cléguérec, dans le Morbihan. Mais bon, tout cela, je vous l'accorde, se termine pareil : c'est juste une histoire de bec.

Un bec, ici, c'est aussi un baiser. De quoi enrichir encore ce chapitre, mais comme nous ne parlerions alors plus d'oiseaux, passons au billet suivant.

Le jour et l'Inuit

Donc le Canada n'est pas spécialement le pays des pingouins, contrairement à ce qu'affirmait, mauvaise langue, l'acheteur de ma voiture en France. Des Esquimaux, en revanche, oui, lesquels préfèrent d'ailleurs qu'on ne les appelle pas ainsi. Le mot veut dire « mangeurs de viande crue » et reste perçu au pays de l'érable et de la fleur de lys comme un terme péjoratif. Les Inuits, puisqu'il s'agit d'eux, habitent les territoires du Yukon, du Nunavut et du Nord-Ouest dans le Grand Nord canadien, mais aussi le Labrador et le Québec, dans le Nunavik, partie la plus au nord de la province. Leur habillement a possiblement inspiré leurs concitoyens issus de latitudes moins froides. D'où toutes ces couches de vêtements que portent les Québécois au cœur de l'hiver : manteaux, pantalons de neige, combines, mitaines, tuques et j'en passe, et des plus chaudes. D'où aussi cette réplique spontanée de Chérie après ma maladroite tentative de balade main dans la main par moins quinze degrés : « Oui, c'est pas évident de se promener en amoureux habillés comme des Inuits ! »

Glisse et glace

L'un des plaisirs, encore un autre, de l'hiver québécois, pour qui aime la neige bien sûr, tient à toutes les glissades que vous pouvez faire à deux pas de chez vous. Je ne parle pas du cassage de gueule involontaire sur les plaques de verglas, non, je suis sérieux. Ici, sortir la luge et le pantalon de neige est une seconde nature, en tout cas pour l'amateur de plein air. Même dans les quartiers résidentiels et en plein centre-ville, il n'est pas rare de croiser sur le trottoir couvert de neige et de glace un père promenant ses enfants dans une luge ou un traîneau de bois qu'il tire avec entrain. Un matin en me baladant, j'ai croisé une étudiante qui avait attaché, de chaque côté de son sac à dos, des chaussures de ski. Québec n'a peut-être pas la cote pour les Jeux olympiques d'hiver (candidature difficile et mouvementée pour 2022), mais pour les glissades (les bonnes bien sûr — quoique pour les mauvaises aussi, hélas!), elle est championne!

Ailleurs qu'au coin de la rue, la moindre dénivellation dans un parc — idéalement celui des Champs-de-Bataille, appelé aussi « Plaines d'Abraham », où les Français perdirent une bataille décisive contre les Anglais en 1759 — offre la possibilité d'une escapade, certes tape-cul, et aussi tape-tête et tape-côtes si j'en crois l'entorse costale que je me suis faite en glissant imprudemment sur le ventre, mais tellement marrante! En québécois, on dira que « c'est super le fun! » et on aura « ben » raison.

Je vous arrête tout de suite: oui, j'avais déjà glissé dans ma plus tendre enfance, comme dans ma moins tendre vie d'adulte, sur des collines près de Paris ou au pied des Alpes et des Pyrénées ; oui, en France les montagnes et les occasions de faire de la luge ne manquent pas. Il paraît même que nous avons le plus grand domaine skiable du monde ; alors on peut éventuellement parler de plus grand domaine « glissable » aussi, non ? Simplement, à Québec, qui n'est pas une station de sports d'hiver, les gens sortent aussi facilement leurs patins, luges, skis de fond et même raquettes, que les Français des villes sortent manifester dans les rues.

Tu t'enfonces

Qui ne s'est jamais entendu dire « tu t'enfonces » quand, face à des interlocuteurs peu convaincus, l'on persiste à ergoter, détourner les mauvais arguments énoncés, remanier une mauvaise foi largement élucidée par l'adversaire de cette joute oratoire ?

Vous vous exprimez mal, vous cherchez à rectifier le tir, et l'autre vous arrête : « Laisse tomber, tu t'enfonces… »

Eh bien maintenant, je sais ce que cela signifie au sens propre et physique du terme : à Paris, à force de parler comme les bavards que nous sommes aux yeux du reste du monde, et donc aussi à ceux de nos amis Québécois qui en plus comprennent ce qu'on dit, c'est pire pour eux, on finit toujours par s'enfoncer.

À Québec, il fait trop froid pour disserter dans la rue au mois de décembre ou de janvier et, surtout, on s'enfonce assez comme ça, en marchant par exemple au parc du Bois-de-Coulonge, pour ne pas chercher à en rajouter. Je me souviens d'une balade au lendemain de ma première tempête de neige, fin novembre : je peux dire que là, j'y étais, au Québec, et jusqu'aux genoux !

Voilà, fin de l'aparté. Si on remontait ?

Croque-mitaines

Au Québec, l'hiver est long, il fait froid et re-froid. Voilà, quand t'as dit ça, t'as tout dit et, même avec le réchauffement climatique, tu ne vas pas t'attarder sur la question en discutant le bout de glace au coin d'une rue avec un riverain (emmitouflé) du quartier. Je ne vous fais pas le topo vestimentaire, vous avez eu droit à l'inventaire textile en début d'ouvrage. N'empêche : Chérie parle d'épluchures tellement on se couvre d'épaisseurs pour ne pas finir la pomme — la tête, en français de France un peu chahuté — congelée. C'est le fruit d'un long travail préparatoire d'habillement. Évitez les allers-retours entre le dehors et le dedans, à la fin vous serez tannés — et là, les Français autant que les Québécois m'auront compris — d'enfiler et de désenfiler vêtements, chaussures et compagnie.

Quand surgit la nuit, vers seize heures trente, dix-sept heures en janvier, le couperet climatique tombe avec elle. Si t'as pas tes mitaines, compte tes doigts en rentrant : il se pourrait bien que le froid t'en ait bouffé un, voire deux. Le croque-mitaines, ici, c'est l'hiver.

Quand t'achètes des chaussures à ce temps de l'année, on ne te demande pas ta pointure : on te dit juste jusqu'à quelle température au-dessous de zéro elles restent chaudes. Et pour tenir cinq degrés de moins encore, hop ! t'ajoutes une semelle.

Je me rappelle, du coup, le conseil que m'avait donné Chérie le jour où j'ai acheté ma grosse canadienne : «Avec ça, tu ne risques pas d'avoir froid. Mais si jamais c'était le cas, ça voudrait juste dire qu'il fallait que tu restes chez vous. »

Note : ce chapitre a été rédigé pour me réchauffer les mains.

Camion du soir, sans espoir

Être réveillé par un camion de déneigement est une expérience au mieux déconcertante, au pire super traumatisante. Tout dépend de votre résistance aux « grrrrrrrrr ! », « biiiiiiip biiiiiiiiiip » et « rôaaaaaaaaaaar ! ». OK, vous vous dites que j'en rajoute, qu'avec de telles reproductions sonores on se croirait plutôt dans la jungle, encerclés par des fauves. Quand la neige tempête sous le crâne de la ville, les déneigeuses font office de cachets d'aspirine et dissipent la migraine des trottoirs. À Paris, c'est différent : ils ont la gueule de bois avec tout ce qu'ils boivent comme pluie... Mais quand une énorme grue saleuse tombe en panne dans votre rue, que son conducteur tente coûte que coûte de faire fonctionner, avancer, reculer l'engin malgré le bogue évident du système de salage, toutes sirènes hurlantes, et qu'en plus il n'y a qu'un putain (voilà, je jure !) de centimètre — à tout casser — de neige sur le bitume, vous n'avez qu'une envie : l'envoyer se faire « bip bip » ailleurs !

Je viens de vérifier : il n'y a pas plus de trois millimètres de neige sur la route. Alors, par pitié, camion du soir, arrête ton char.

Il y a toujours un coin qui me rappelle…

Promenade un soir de janvier dans une sympathique rue commerçante ; je tombe sur un libraire à l'accent fortement français, voire francilien. Il me dit qu'il vient effectivement de la région parisienne, et même d'un département proche de celui où j'habitais encore il y a peu. À Québec, il y a toujours un peu de chez vous — à moins qu'il ne s'agisse d'un peu de chez moi — qui vous suit partout, et je ne parle pas de la langue. Malgré plus d'une décennie passée en terre québécoise, il n'y avait dans la voix du bonhomme pas une once d'intonation locale.

« Et ça va, vous supportez l'hiver ? » me demande-t-il au détour d'une conversation moins commerciale. J'acquiesce. En fait, lui avoué-je, ça me plaît vraiment. Surtout la neige. Je le lui explique. Lui, il fait la moue — amicale mais désolée. Le poids des années d'enneigement, sans doute.

Et finalement, il me confie : « Ben, si on n'est pas fana de sports d'hiver… » Souffle suspendu.

Je me demande subitement quel effet cela me ferait si, sur la côte de la Californie, je rencontrais un marchand de glace, voire de planches de surf, qui n'aimerait pas la mer. Mais OK, l'homme vendait des livres, des disques et des revues ; pas des skis.

Les oreilles qui crissent

Depuis le début, je vous parle de l'hiver et des joies de la neige, des mille et une méthodes pour se réchauffer — ou ne pas se refroidir ! — avec bonheur et bonne humeur. Forcément, vous allez finir par poser la question : « Bon, quand est-ce qu'il va se mettre à râler » — si vous êtes Français —, « chialer » — si vous êtes Québécois — « contre le verglas, les trottoirs gelés, les marches d'escaliers casse-pieds, les rues casse-gueule et les routes qui mènent au casse-pipe ? » Pour le casse-pipe, j'éviterai, d'ailleurs je n'ai pas ouï-dire d'un quelconque drame d'hiver récent dans les environs. Ça ne veut pas dire qu'il n'y en a pas eu ; mais comme ça, je contente, en principe, mon éditeur qui n'a pas à me répéter : « Les gens veulent du rire, du rêve, du bonheur ! Pas des histoires atroces et sordides où tout le monde meurt à la fin. » En même temps, des tas de journalistes de la presse à sensations s'entendent dire exactement le contraire de la part de leur patron peu scrupuleux.

Anyway. Oui, ici on dit souvent *anyway* ; je me souviens par exemple de ce douanier me faisant bien comprendre qu'il avait été clément à propos de l'importation de mes effets personnels : « *Anyway,* j'aurais pu vous charger plus de huit cents piastres » — prononcez « piasses » et comprenez « dollars »…

Donc, neige et bonheur, comme dans *La vie est belle* de Capra.

Neige et râleur ? Temps neigeux, temps chialeux ? Allez, je me jette à l'eau, glacée à cette époque de l'année, et je pousse mon coup de gueule bien français, vannes à l'appui, contre toute cette envahissante poudreuse. Ouvrez les guillemets.

— Bordel, il neige, il neige, mais qu'est-ce qu'il sait faire d'autre ?

— Bon, c'est bien beau tout ce blanc, mais faudrait dire à Miss Météo qu'il existe d'autres couleurs.

— Hey, il paraît que le Massif de Petite-Rivière-Saint-François n'est pas à la hauteur pour les JO d'hiver de 2022 ? Ben, avec tout ce qui tombe et s'accumule comme neige sur les trottoirs, vous pouvez l'ériger vous-même, votre montagne !

— Et sinon, vous êtes au courant que l'ère glaciaire s'est terminée il y a dix mille ans ?

— Je dois te l'avouer, Chérie : si toute cette neige qui tombe chez vous pouvait se sniffer, vous seriez un méchant concurrent pour les cartels mexicains. J'ai lu qu'Elton John avait déclaré un jour : « Quand je suis en avion au-dessus des Alpes, je me dis "ça ressemble à toute la cocaïne que j'ai sniffée". » Sûr qu'ici aussi, il aurait frôlé l'overdose.

Et ainsi de suite…

Mais bon, la neige, moi, j'aime ça et son abondance ne me nuit pas.

Alors oui, c'est vrai, il te faut une pelle et beaucoup d'huile de coude pour déneiger le balcon, l'allée, la voiture et même ta belle-mère ou ton beau-père si tu les as laissés dehors tout l'hiver. Je plaisante pour la belle-mère ; voilà, le mauvais esprit français me rattrape ! Mais à part ça, la neige, « c'est l'fun ». De toute façon, vous n'êtes jamais contents : quand il pleut, vous vous plaignez que ça « mouilleuh », quand c'est la canicule, vous vous lamentez que ça brûle, quand il gèle, vous ne dites plus rien parce que vous avez le visage et les lèvres paralysés, figés de froid.

Eh bien, on dirait que mon côté râleur-chialeux remonte à la surface de l'eau glacée. Sors de ce corps, cynisme parisien !

Neige, je t'aime : venez à moi, petits flocons. D'ailleurs, au moment où j'écris ces lignes, vous me manquez.

Sous les pavés de neige, la glace

OK, j'ai oublié de préciser que, parfois, le plaisir d'entendre la neige crisser sous vos pieds se trouve contrecarré par le fatal déséquilibre qu'engendre l'épaisse couche de glace dissimulée, la coquine ! sous sa consœur la neige. Il m'est arrivé de marcher d'un pas léger, le cœur plein d'allant dans les rues fraîchement recouvertes du blanc manteau de l'hiver, après une période de fonte puis de regel sévère. Là, patatras ! même la sortie des poubelles ou la brève promenade du chien se transformait immanquablement en numéro de claquettes, *horrible day on ice* et dégringolade artistique. Si par miracle vos pieds retouchent terre à l'issue de cet exercice d'équilibrisme forcé, vous pouvez remercier le ciel. Oui, je sais, c'est quand même sa faute si tout ce froid s'abat sur votre rue. Autrement, vos fesses s'en chargeront.

(Ce billet est dédié aux congères et à toutes les personnes qui, bien avant mon départ, m'ont raconté qu'elles avaient trop souvent glissé sur les trottoirs de Montréal ou d'ailleurs lors de leur séjour — mémorable — au Québec en pleine saison hivernale.)

Politiquement correc' (hors saison)

Oui, les Québécois sont Canadiens ; mais ils sont avant tout Québécois. C'est quelque chose que les Bretons peuvent comprendre. Et les Corses. Et les Basques. Etc.

Or donc, les Canadiens ont la réputation d'être très politiquement corrects. Il règne dans ce pays comme une atmosphère de non-dit, de « on n'en pense pas moins, mais on se tait par convenance ». D'où le choc quand, en bon Français qui se respecte, tu ouvres ta gueule — et en grand. Mais, parce qu'il y a toujours un mais, les Québécois sont les fortes têtes du pays. C'est un héritage culturel de nos ancêtres colonisateurs. Lesquels se sont quand même désintéressés du continent au profit des Antilles quand les Anglais, eux, ont persisté et conquis tout le territoire. Chers compatriotes, ne vous plaignez pas, donc, de devoir parler l'anglais en Amérique du Nord : c'est de notre faute, on l'a bien mérité. Tout ça pour dire que les Québécois, surtout les Québécoises, ne sont pas du genre à se laisser « piler sué pieds ».

La comparaison avec les Français s'arrête là : nous, Français, avons inventé le coup de gueule, suivis de près par les Italiens et les Espagnols. Au Québec, pendant ce temps-là, on donnait déjà de sacrés coups de pelle, pour déneiger les lieux.

Donc, dire ce qu'on pense au Québec, oui, mais sans en faire une montagne : ils ont assez de monceaux de neige à déblayer comme ça !

(Du coup, ce billet n'est pas si hors saison que ça, et toc !)

Juré sacré

C'est un chapitre obligé, mais je l'écris plutôt à contre-courant. Si les Français pouvaient arrêter d'éructer « tabernacle ! » chaque fois qu'on évoque le Québec, je me sentirais mieux pour mon pays, que j'ai connu plus cultivé et subtil. D'abord, ce n'est pas « tabernacle ! » mais « tabarnak ! » ; ensuite, tous les Québécois ne sacrent pas, de même que tous les Français ne jurent pas. Avant Nicolas Sarkozy, en tout cas… Passons sur la ponctuation « putain ! » ; pour les méridionaux c'est même une marque de fabrique, avec un *g* à la fin dans la prononciation s'il vous plaît.

Le truc, c'est que les sacres font rire les Français. Les jurons français, eux, font bien rire les Québécois, j'ai testé pour vous. Et comme on sait, ce qui fait rire le Français le rend moqueur. Inspirés de tout un vocabulaire religieux — au Québec, la religion catholique romaine prédomine —, les sacres détournent, déforment, maltraitent leurs référents liturgiques que sont l'hostie, le calice, le fameux tabernacle, le ciboire (coupe sacrée), le Christ… À certains égards, c'est iconoclaste. Mais globalement, c'est une atteinte au bon goût et au langage. Donc voir dans les sacres une couleur locale est à peu près aussi étriqué qu'aspirer à un exotisme français qui s'incarnerait dans les « cré vin diou ! » des paysans du Berry.

Chérie m'avait raconté qu'au cours de sa première visite dans mon beau pays d'origine, on l'avait interpellée d'un « tu viens du Québec, toé, tabarnak ! ». Vous trouverez « ben » des Québécois qui, plongeant dans une rivière par un beau soleil de juillet, s'exclameraient « elle est bonne en tabarnak ! »

(entendu l'été dernier) et « ben » des Québécoises qui ponctueraient leur discours de « tsé » (« tu sais »). Mais mon petit doigt me dit que la proportion de Français déambulant dans les rues d'un village typique avec une baguette de pain sous le bras, le marcel (maillot de corps à bretelles, n'est-ce pas) et le béret bien en vue, doit être similaire. Comme on dit : il ne faut jurer, pardon sacrer, de rien.

L'épi sous la tuque : épicure

Le truc qui revient sans cesse à la charge hivernale, c'est l'épi sous le bonnet de laine. Tu te lèves, tu te coiffes « nickel », tu te couvres le chef, tu vas te promener et lorsque tu arrives chez tes amis, en rendez-vous super sérieux ou au boulot, tu te déchausses en bas comme en haut. Et là, c'est le drame : la tuque ayant plus qu'ébouriffé tes cheveux, tu te retrouves avec un épi affreux.

Tout de suite, tu te calmes, tu te raisonnes : je ne suis pas une chochotte — les Québécois diraient « moumoune ». Je n'utilise pas de fer plat le matin, je ne mets même pas de gel, de gomina ni quoi que ce soit d'autre qui se termine en « na ». Mais, bordel, à quoi ça sert de se coiffer correctement si c'est pour que le bonnet, pardon la tuque, voilà, j'en perds mon latin québécois, foute tout en l'air ?

Bon, du calme, c'est juste un épi. Profite de la vie. Ailleurs, des gens perdent tout à cause des inondations, des tornades, des guerres. Le Dow Jones peut aller très mal, le CAC 40 s'effondrer, l'euro ne plus rien valoir. Un avion peut s'abîmer d'une minute à l'autre dans l'océan Atlantique, un volcan se réveiller, une tempête se déclencher. Les Rolling Stones peuvent prendre leur retraite et George W. Bush décrocher un oscar. Respire : c'est juste un PUTAIN, pardon, je jure encore, d'épi.

P.-S. : Je viens d'entendre Chérie se plaindre que « la tuque, c'est épouvantable pour les cheveux ». Parce qu'elle le mérite bien !

De l'eau et des glaçons

Au restaurant ou même dans n'importe quel bar à Québec, dès que vous vous installez, le serveur vous apporte un grand verre d'eau avec des glaçons, été comme hiver. En France, déjà, quand tu demandes un verre d'eau plate et tiède au bon goût de chlore (miam!), le cafetier te fait la gueule. Du coup, je me demande : est-ce que c'est parce que le service est meilleur dans ces contrées, ou parce qu'ils ont assez de glace en hiver pour en offrir aux clients toute l'année?

Les deux, peut-être.

Si, comme moi, vous vous êtes reconnu dans l'image du consommateur rabroué par le patron de bar franchouillard bien poujadiste, vous n'ignorez pas la réponse. Hop, cul sec et à votre santé!

Québec-Montréal, attention départ

Outre le fait que j'ai dû m'y rendre pour obtenir l'autorisation d'importer mes effets personnels sur le territoire canadien, Montréal est aussi un passage obligé du visiteur français désireux de découvrir un Québec plus cosmopolite que, disons, Trois-Rivières, Rimouski ou Gatineau.

En parlant de mes effets personnels : si vous n'avez pas de statut de résident au moment de débarquer avec toutes vos affaires, méfiez-vous des astuces suggérées par les déménageurs hexagonaux ; généralement, ça ne prend pas !

J'avais déjà parcouru, un certain été, la plus grande ville francophone de l'Amérique du Nord. L'impression ne fut pas désagréable, mais je n'en avais pas, je l'avoue, gardé un souvenir impérissable. Rebelote donc cet hiver pour la bonne cause douanière. Québec-Montréal, deux heures et demie d'autocar à l'aller, départ de la gare routière de Sainte-Foy, en voiture messieurs-dames et attention à la fermeture des portes.

Transportés de joie, ou presque, sur les sièges, hommes d'affaires en déplacement, étudiants et touristes ébahis prenaient leur voyage en patience. Assis à mes côtés, un type immense au physique d'Amérindien avait les jambes pliées en quatre. Au moins. C'est dire à quel point le pauvre était pressé... d'arriver. Tempête de neige, brouillard, bourrasques et ciel spleenesque avaient, pensais-je intérieurement, de quoi sérieusement retarder le cortège. Pas pantoute ! Ici, les autobus sont si bien équipés pour la neige qu'on croirait qu'ils roulent sur les maréchaux de Paris en plein mois d'août. Et j'exagère à peine.

À Montréal, le ciel pesait autant qu'à Québec. La tempête a rejoint la ville, j'ai évolué, le regard brouillé de flocons tourbillonnants et de grisaille sifflante au-dessus de la tête et tout autour de moi, dans les vieux quartiers jusqu'au port puis au service des douanes.

J'ai tué le temps, prenant une longue marche dans ces larges avenues où s'engouffre le vent glacial, «vive le vent d'hiver», tu parles, béant, dévorant toute source de chaleur sur son passage. Brrrr, ça ne fait pas froid dans le dos, non : ça fait froid partout !

L'architecture du Vieux-Montréal se prête cependant admirablement à l'imagerie enneigée. Cela donne une petite idée, j'ai dit «petite», attention, de ce que peut être New York ensevelie sous les flocons. Les arêtes des bâtiments, les corniches et ornementations des tours les plus anciennes et les mieux dessinées prennent une dimension encore plus magistrale, où buildings taillés au cordeau et enseignes lumineuses, surtout de restauration, éperonnent l'obscurité grandissante que la neige et le vent amènent au galop. Mention spéciale, pour la touche architecturale, aux immeubles qui entourent la place d'Armes et à l'édifice New York Life Insurance, premier gratte-ciel de la métropole.

Je me suis réfugié au square Victoria dans l'immense galerie qui mène au métro et à quelques boutiques, avant d'en ressortir plutôt blasé je dois l'avouer, pour terminer l'après-midi dans un *smoked meat* qui n'en servait même plus : «Je ne peux pas la préparer, je n'ai pas ce qu'il faut» m'a prévenu le restaurateur. Comme dit Chérie dans ces moments-là : «C'est donc ben poche ! »

Dix-sept heures rue Sainte-Catherine, je me suis à nouveau dressé contre le désordre climatique établi, direction la station Berri-UQAM. Il neigeait toujours plus fort, toujours plus froid, mais plus blanc du tout : la nuit et son bleu profond avaient déjà tout englouti.

Cinq heures de route pour le retour. À cause de la neige ? Pas pantoute ! Nous étions pris dans le trafic, voilà tout. Tandis que nous faisions du surplace sans pouvoir échapper au centre-ville congestionné, j'observais les passants emportés dans la tourmente neigeuse. Un type a même déboulé d'un trottoir à vélo. À vélo ! D'autres tentaient de déblayer leur automobile ployant sous une tonne de poudreuse. Mais pendant tout ce temps où j'attendais que les phares de l'autobus percent enfin autre chose que la procession de voitures arrêtées devant nous rue Sainte-Catherine, je n'ai pensé qu'à Paris et à son périphérique asphyxié, sa circulation atrophiée, malade, contagieuse pour les nerfs. Voilà pourquoi j'aime la ville de Québec : il n'y a pas que sa blancheur hivernale qui me dépayse. Il y a aussi l'harmonie de son espace, son affluence raisonnée.

Hibernation

L'une des difficultés d'adaptation à l'hiver québécois provient non pas tant du froid que du manque de lumière.

Par moments, vous vous sentez comme un animal tapi dans sa tanière ; l'effet se renforce évidemment si vous persistez à rester à la maison. C'est justement parce qu'il fait froid dehors et que la nuit tombe vite qu'il faut sortir tôt et en pro-fi-ter !

Des Québécoises et des Québécois me l'ont fait remarquer : leur métabolisme tourne au ralenti à cette période de l'année. Raison de plus pour dynamiser la machine. La nuit tombe à seize heures trente ? Le jour se lève à sept heures. Alors, dehors ! Dehors ! De-hors !

Mais, par pitié, n'oubliez pas de refermer la porte en sortant.

Intermède enjolivé

Ce qui fait plaisir, quand vous vous promenez dans les rues enneigées de Sillery, c'est de constater qu'il y a dans les voitures plus de balais et raclettes à neige — un côté qui balaie, un autre qui racle : qui dit mieux ? —, que de haut-parleurs et gros systèmes de son. En banlieue parisienne, qu'est-ce que j'ai pu rigoler à la vue des voitures de «jacky»! OK, j'explique : un «jacky» ou un «kéké», c'est un gars qui frime avec son auto, pas forcément de luxe mais qu'il a cus-tomisée pour lui donner une allure très sportive et profilée avec une sono étourdissante à l'arrière. Qu'est-ce que j'ai pu rigoler, donc, en voyant tous ces fans de «bolidage» inca-pables de passer sur un ralentisseur, dos-d'âne et tout ce que vous voudrez d'autre comme relief, à plus de cinq kilomètres à l'heure sous peine d'accrocher la jupe avant, et d'une immobilité totalement frigide en cas d'intempéries. Et je ne parle même pas des roues enjolivées à n'en plus finir. C'est un peu comme marcher sur la glace en baskets. Lesquelles sont d'ailleurs désignées ici sous le terme «espadrilles» : attention aux homonymes, les quiproquos de pieds ne sont pas rares !

En tout cas, sur la banquise avec des chaussures de sport dernier cri aux couleurs fluo, semelles à technologie air-je-ne-sais-quoi et tout le bataclan, ça en jette peut-être, mais ça jette surtout à terre.

À chacun ses priorités d'équipement. Quand je vois qu'à Paris, les véhicules n'ont même pas de pneus quatre saisons, oui, j'avoue qu'un simple balai à neige consciencieusement rangé dans une auto de mon nouveau quartier alerte un peu plus mon sens de l'observation qu'un autoradio haute technologie ou des jantes chromées.

Maintenant, soyons clairs : il y a des «jacky» dans tous les pays du monde et le Québec n'échappe sans doute pas à la règle.

Hé, mais j'y pense : et si ces oiseaux-là attendaient le printemps pour se montrer au grand jour ?

Croissant de soleil

« Tabarnouche ! » Le mot résonne dans les lieux avec jovialité. C'est un sacre mou, qui n'engage à aucune vulgarité, contrairement à ses référents durs comme fer. Un peu comme les « nom de Zeus ! » de Doc dans la saga cinématographique *Retour vers le futur*. Le mot résonne avec jovialité, donc, dans ce lieu de dégustation de cafés, viennoiseries et autres joyeusetés qui rappelleraient ma « douce » France. Le patron de l'établissement rouspète avec amusement contre le boulanger qui, ce matin, n'a pas eu la main rapide pour retirer les croissants du four ; résultat, le doré croustillant s'est transformé en ambre disons… craquante. Mais le tout reste appréciable. C'est un beau vendredi dans la rue Cartier avec un trop-plein de bleu ciel pour la saison et une lumière qui rase de près. Et ça va durer jusqu'à seize heures au moins. Qui a dit que le Québec n'était que nuances de gris et de blanc pendant l'hiver ?

L'ambiance prend des couleurs estivales, ces petits pains et croissants brillant de l'or le plus pur sur leur étalage renvoient l'éclat de la météo des chaudes journées de juillet ou des plages en feu sur les côtes landaises de France, à la même période de grandes vacances. Pourtant, il fait moins cinq degrés dehors, peut-être même moins dix. Toute cette chaleur vient du cœur. On dit de la ville de Québec et de ses habitants qu'ils sont très chaleureux. Les Parisiens, pendant la saison froide, chialent pour quinze centimètres de poudreuse, soutenus par les médias nationaux qui y consacrent leurs unes : attention, scoop, on est en décembre, c'est l'hiver et, bouh ! incroyable, il neige ! Les Québécois, eux, redoublent de sourire rien qu'avec quinze centimètres de soleil.

Ce vendredi, la bonne humeur irradie la salle. Les employés, les clients, le patron et même la plante verte et le radiateur affichent un sourire radieux. « Youpi, c'est vendredi ! » comme dit souvent Chérie (une fois par semaine, au minimum). Une dame entre et commande un café, à emporter. Notre héros jovial du jour la sert et en remet une couche, sans un nuage de lait, à propos de ce beau soleil. Que demander de plus ? Et la dame de répondre : « J'avoue que j'aimerais bien avoir de la neige. » OK, combien de centimètres ?

Musique, maestro !

Je sais que je me répète, mais Québec est une ville très musicale. À l'image de toute la province, réputée pour disposer d'une « proportion de musiciens parmi les plus élevées au monde » (lu dans le quotidien *Le Devoir* du samedi 22 et dimanche 23 janvier 2011). Le centre de la cité fourmille de bars, clubs et autres tavernes où se produisent en spectacle des artistes folk, pop, rock, blues, jazz, country et j'en passe, et des chansonniers qui osent aussi les mélanges, et je ne parle pas ici des consommations au bar ; j'ai même entendu un groupe passer d'une réinterprétation énergique du générique d'un dessin animé de mon enfance à la reprise effrénée du refrain « du rhum, des femmes et de la bière nom de Dieu » du groupe français Soldat Louis. La chanson est restée un grand classique dans ces contrées, mais ne me demandez pas si c'est pour l'accordéon, les femmes ou la boisson. Tout dépend de qui l'écoute, je dirais.

Les jeudis soirs à Québec sont byzantins pour toute oreille musicale. Rue Saint-Jean, au Sacrilège, vous buvez une bière ou un verre de vin en même temps que les paroles et accords de guitare égrenés par le troubadour moderne du jour, accompagné d'un contrebassiste, d'un clavier, d'un batteur, c'est selon. Au Fou-Bar, un peu plus loin, l'atmosphère peut devenir plus western — après tout il y a aussi des cowboys au Canada et particulièrement à Calgary, en Alberta — grâce à une fille perchée sur son tabouret, chapeau sur la tête, six-cordes à la main et accent du Nouveau-Brunswick sur les lèvres ; ou un trio de vrais faux garçons vachers marchant sur les traces mélodiques du Tennessee et de la Louisiane, et qui donne envie de pousser des «yeeeha!». D'ailleurs, on les pousse, tout en levant sa bière et en esquissant quelques pas de gigue au son de leur country-blues-rock'n'roll au bon goût de paille enneigée.

À un moment de cette fête, je me rends aux toilettes et lorsque je reviens, Chérie placote musique avec un gars venu du New Jersey qui s'exclame de trouver par ici un endroit aussi animé. J'entends ma dulcinée lui expliquer que la plus vieille cité du Canada en regorge, «pas comme à Paris». La comparaison fait rire le bonhomme, dont le vécu musical lors de voyages européens confirme cette assertion.

La capitale française devait avoir ce soir-là les oreilles qui sifflent, tandis que les nôtres furent plus que généreusement contentées.

Un Français est épicurien,
un Québécois… boit

Souvenir d'une visite de Chérie dans mon pays natal. Elle m'avait apporté, en cadeau, une bouteille de caribou. Très apprécié pendant le Carnaval de Québec au mois de février, ce vin rouge un peu cuit peut facilement vous faire prendre… une cuite, justement. Une brosse, en québécois. En bon Français toujours avide des conseils de dégustation prodigués sur les étiquettes de nos invitantes bouteilles de vin, je lui avais demandé comment ça se buvait. Elle m'avait pris la bouteille des mains, l'avait levée comme pour en avaler une bonne rasade et m'avait lancé, hilare : « On le boit comme ça, c'est tout. »

Récemment, un après-midi où le froid reprenait ses quartiers, je déboule dans un IGA, l'équivalent québécois de nos « Intermarché » français, *sorry* pour la pub, à la recherche d'un « bon gros rouge » pour préparer un bœuf bourguignon. Je pioche un vin élaboré au Canada. Au dos, deux lignes seulement : « Se boit avec tout type de plat. » Point.

Flocons et natation

L'un des nombreux autres aspects plaisants de la ville de Québec réside dans ses équipements nautiques pour la plupart accessibles gratuitement. Vous me direz que l'été s'avère plus propice à une séance de natation, mais là, on parle hiver et, comme en plus j'adore aller nager toute l'année, il n'y a aucune raison de s'arrêter aux températures extérieures — dans des piscines intérieures, évidemment.

Tôt le matin ou le midi, les bassins sont remplis de Québécois sportifs qui viennent se tonifier. Eh bien, vous me croirez ou non, mais aller à la piscine en plein hiver et par moins dix degrés, c'est encore meilleur. Je n'invente rien, juste en sortant aujourd'hui du centre sportif non loin de la rue Cartier, je me suis rendu chez un bouquiniste dans Montcalm. J'entre et je furète et là, un Français, l'accent ne trompe pas, se met à discuter avec le vendeur : « Je reviens de la piscine et ça fait vrâââimeent du bien. »

Du coup, voilà qui augmente ma hâte d'aller nager par un beau jour de tempête de neige. En sortant, j'aurai encore plus l'impression de flotter.

Le mot de la faim

Ce soir, on sort. Pour info, les Québécois soupent tôt ; quand la nuit se montre à seize heures trente en hiver, sûr que tu n'attends pas plus d'une heure pour te mettre à table et pas plus de cinq encore pour te mettre au lit.

Donc, concert de blues à vingt heures, on a soupé, apprécié la musique, tout va bien.

Minuit, retour au bercail.

Sur le chemin, Chérie me demande d'arrêter à un dépanneur, magasin de ravitaillement ouvert aussi la nuit. Elle en ressort avec un petit quelque chose à grignoter. En entrant dans l'appart', je me rends compte que moi aussi j'ai sacrément faim. Elle me sourit :

— Tu veux-tu des rôties ?

— Oh ouais ! je dis.

— Avec du sirop d'érable ?

— Heu, non, avec du camembert.

Minuit, tout le monde dort dans le quartier, il fait moins quinze dehors et moi, je reste désespérément Français.

Ancêtre ou ne pas être, là est la question

À quelques jours de Noël, je suis allé me faire couper les « tifs ». C'est que ça commençait à pousser, même avec ce manque de lumière et de soleil. Le coiffeur du coin m'a pris dans la demi-heure. Son salon respirait la nostalgie d'antan, j'ai effectué un bond de trente ans en arrière, quand mes parents nous emmenaient, mon frère et moi, chez un artisan-coiffeur qui officiait à son domicile dans un coin de sa salle à manger, avec carrelage à damiers et fauteuil en cuir familial transmis de génération en génération.

Dans le salon de coiffure rue Maguire, le temps semblait soudain s'être arrêté, le coiffeur lui-même paraissait, tout en me débarrassant d'une bonne touffe de cheveux et de favoris, perdu dans une saine contemplation.

D'une voix très posée, calme, presque hypnotisante, il m'a demandé si je passais les fêtes en famille. Pas tout à fait, lui ai-je répondu ; ma famille, parents, frère, sœur et même enfant se réunissant le vingt-cinq décembre de l'autre côté de l'océan.

« Elle sera avec vous dans votre cœur », a-t-il eu la gentillesse d'ajouter. Quand il a su que j'étais originaire d'une ville à l'est de Paris, il m'a précisé que ses ancêtres, eux, venaient de Montreuil-sous-Bois. Pour la circonstance, je pourrais dire que j'avais été à un cheveu d'être le voisin de ses ascendants : j'habitais, avant ma venue ici, la ville d'à côté, à deux kilomètres de là.

Le monde est petit dans le deuxième plus grand pays du monde.

Chaud, le mot, chaud !

Un jour, le proprio de l'appart' où Chérie demeure envoie l'un de ses employés poser du carrelage dans la salle de bains.

Bon. Le type débarque, il démonte tout : les toilettes, la robinetterie, le meuble-lavabo. Privés de salle de bains pendant une journée, peut-être deux, OK, on n'en mourra pas. Il fait moins quinze dehors, alors pour transpirer et ressentir l'impérieux besoin qui en découle de prendre une douche froide, accroche-toi.

Bref, à un moment donné, le gars cherche quelque chose, mais quoi ?

— Aurais-tu une chaudière ? qu'il me demande.

Interloqué, je le regarde sans donner l'impression d'être perdu. Dans ma tête, je me dis « ben heu, c'est du chauffage électrique ici, et le ballon d'eau chaude pour l'immeuble, heu, il est en bas, non ? ».

Je ne réponds rien, mais, à mon avis, de gros points d'interrogation et d'exclamation s'agitent au-dessus de ma tête.

— Une chaudière, aurais-tu une chaudière ? répète le bonhomme les yeux écarquillés d'impatience et d'incrédulité, tout en mimant l'objet recherché, apparemment circulaire et volumineux.

« Hum, hum », marmonné-je avec mystère. Sauf que le type n'a pas toute la vie pour poser le carrelage et qu'on n'est pas en plein épisode des *Cinq dernières minutes* avec l'inspecteur Antoine Bourrel, interprété par Raymond Souplex, s'écriant « bon sang, mais c'est bien sûr ! ». En fait, c'est « Bon Dieu… », mais depuis, les pastiches l'ont reformulé en « bon sang ».

Parlant de bon sang et de bon sens, je crois qu'à cet instant précis, le poseur de carrelage doit se dire « ça a pas de bon sens » — prononcez « bon sang », justement — « d'être aussi niaiseux ! ». Il finit par préciser : « ... quelque chose pour vider la toilette ! »

Aaaaah. Oui. « Une bassine, ça ira ? » lui demandé-je. Il me regarde, mi-étonné, mi-soulagé, puis acquiesce. Ici, le mot « chaudière » désigne un seau, dont on se sert par exemple pour nettoyer le sol.

Et moi qui me concentrais sur l'idée de chauffage et de température !

Si je n'étais pas tombé dans le piège d'un autre homonyme, je conviendrais volontiers que le froid dicte toutes mes réactions. Traumatisé par l'hiver, je vous dis !

Trappeur du dimanche

Ce dimanche matin, le soleil brille d'un éclat magnifique et le bleu du ciel déborde sur la neige étincelante. Debout à huit heures trente, j'enfile un pantalon de neige et pars avec mes raquettes sous le bras. Je vous rassure, j'ai bien compris qu'il fallait que je les fixe à mes pieds. Hop, en route pour le parc du Bois-de-Coulonge. À l'orée du bois, je chausse, j'attache, je sangle tout ce que je dois. L'air est pur, d'un souffle cristallin. J'évite l'allée, trop tassée, et investis les plates-bandes, les à-côtés arborés, d'un pas alerte et décidé. Me voici marchant sur les traces de nos ancêtres les trappeurs qui, dès le début du XVIIe siècle au Québec, piégeaient les animaux à fourrure, plutôt en novembre dit-on, période à laquelle le poil des bêtes s'avère le plus beau.

Pas de castors ni de renards à traquer en ce beau jour dominical, mais je repère des traces de pas de ce qui pourrait bien être un écureuil. Une fois franchie la partie la plus boisée du parc, je me retrouve sur une étendue que je juge admirable, une plaine où la neige inviolée par endroits scintille de tous ses cristaux, où l'astre solaire fait miroiter ses rayons, dans chacun des flocons précipités sur cette lande magique d'une proximité revigorante, d'une naturalité touchante — et nous ne sommes pourtant qu'à quelques encablures du centre de Québec.

J'avance sur la neige que le froid a givrée ; ici et là, je m'enfonce un peu, m'évade beaucoup. Les abords du parc clôturés jouxtent la rive nord du Saint-Laurent, toisent le fleuve de haut, et permettent de méditer face à son courant tranquille partiellement emprisonné par les glaces. Deux promeneurs immobiles, de vraies statues de sel, ne s'y trompent pas, perdus dans la contemplation du panorama. J'ai conscience que les « crunch-crunch-crunch » répétés de mes pas raquettés perturbent leur concentration, mais ils ne cillent pourtant pas et je m'éloigne. Il y a de la place pour trois dans cet espace apaisant où la randonnée ne court aucun risque. Où l'aventure se veut surtout intérieure. Je marche, levant les pieds plus haut qu'à l'accoutumée, trébuchant une fois ou deux faute d'avoir suffisamment levé le pas, dans un sens, une direction, puis dans l'autre. Je reviens parfois sur mes propres pas, foule le sol de l'arboretum où la neige n'a pas connu récemment d'autres invasions que celles de petites créatures discrètes, invisibles à cet instant précis. Je vais par monts et par vaux miniatures, explore des recoins du parc où la neige se révèle intacte, me faisant l'effet d'un pionnier en goguette.

C'est une belle journée. Je la respire à pleins poumons, l'embrasse en écartant vivement les bras.

Ce n'est pas moi qui ai trappé quelque animal dans la neige ce matin-là : c'est le Québec et ses charmes qui ont trappé mon cœur.

Le surlendemain, je suis retourné fouler l'endroit après de nouvelles précipitations neigeuses. Bien que la poudreuse ait tout lissé, je jurerais avoir pu distinguer encore quelques traces de mon périple dominical.

Mise en abyme : j'ai marché sur les traces des traces de nos ancêtres les trappeurs.

Il neige, il neige bergère

Dans mon pays, chaque fois qu'il se met à pleuvoir, c'est-à-dire très souvent quand vous habitez Paris et sa région, on se met à chantonner «il pleut, il pleut bergère...», une comptine qu'on apprend tout gamin à l'école ou au centre de loisirs. Le chant permet de contrebalancer la mauvaise nouvelle pluviale tombée du ciel, de rendre l'événement joyeux, festif. Cela dit, certains chanteurs, plutôt des fausseurs en fait, feraient mieux de ne pas insister : c'est à se demander si leurs vocalises ne font pas davantage pleuvoir sur nos têtes.

À Québec, dès la fin du mois de novembre, la pluie cède la place à la neige, sauf exception ou redoux malvenu. Voilà qui est bien plus plaisant et propice à la rêverie ; la danse des flocons, même sur un fond voilé de gris, même avec un horizon bouché par la tempête et le givre des nuages, prête au sourire. À la joie de vivre et d'aller glisser. Du coup, maintenant qu'il se met à neiger abondamment et tandis que la nuit tombe avec les flocons, je me demande si je devrais chanter la fameuse comptine, remise au goût hivernal du jour. Vu que la neige me rend heureux, je n'ai pas besoin d'artifice fredonné. À moins de fausser, pour qu'il se mette à neiger plus fort.

Le malheur des oreilles des uns ferait le bonheur parfait de l'amateur de flocons que je suis.

La neige, qu'on voit danser…

Pendant les fêtes, un animateur radio de Québec a lancé un grand concours d'élection des cinquante meilleures chansons francophones de tous les temps. Le croiriez-vous, Charles Trenet et sa *Mer* ont obtenu la première place. Au Québec, Trenet reste ultra-populaire et l'imagerie très Montmartre du bonhomme, agrémentée d'un chapeau de canotier et de mélodies de la douce France, n'y est sans doute pas étrangère. J'y vois une forme de tropisme naturel en même temps qu'un amour de la tradition française, surtout dans une région du monde où, il faut bien l'avouer, l'anglophonie gagne du terrain. À Montréal, ce sera bientôt du 50/50 en ce qui concerne la proportion d'usagers de la langue française par rapport à l'anglaise. L'exotisme de la chanson de Trenet vient de ce qu'elle projette l'image idéale d'une ville ensoleillée et aux embruns méditerranéens : cette bouffée de chaleur et d'ambiance estivale ne peut pas laisser indifférent tout un public alors aux prises avec la rigueur de l'hiver. Résumé ainsi, j'en conviens, un morceau des Beach Boys ferait aussi la job. Mais là, on parle de chanson en français.

Tralala.

Compte à rebours

Les premières fois, ça m'a surpris. Ici, quand vous traversez à un croisement, le feu de signalisation pour les piétons affiche un décompte de secondes, lesquelles vous sont octroyées pour franchir la route et atteindre le trottoir d'en face. Vous voyez fréquemment des promeneurs accélérer le pas, voire terminer de traverser la rue en courant au moment où s'égrènent les dernières secondes signalisées.

Tout de suite, la pression ! Je me suis fait des films, imaginant un scénario catastrophe : si jamais je glisse avec toute cette neige ou ce verglas, je fais quoi ?

Quand on est Français, il faut toujours qu'on chipote ; on a ça dans le sang. Et comme on n'aime que très modérément obéir aux ordres des institutions, quelles qu'elles soient…

— Hop, mon bonhomme, t'as vingt-deux secondes pour traverser, et que ça saute !

La pression, je vous dis !

Forcément, j'avais envie de savoir et surtout, de contester.

Il se passe quoi si je ne respecte pas le compte à rebours ? Je me prends une contravention ? Je n'ai plus le droit de traverser pendant vingt-quatre heures ? La signalisation au sol disparaît pour toujours ? Je suis fiché au SCRS (Service canadien du renseignement de sécurité) ? Je me fais botter le cul par un agent de la circulation ? Je dois rester là à attendre le dégel jusqu'au prochain piéton lui aussi fautif, peut-être ?

Merde, mais je fais ce que je veux !

Si j'ai envie de prendre vingt-quatre secondes au lieu de vingt-deux, pour traverser en admirant les trottoirs enneigés, je les prends ! Non mais.

Note : vous avez moins de dix-huit secondes pour passer au chapitre suivant.

Lendemain de neige

Quand il tombe ce qu'on appelle par ici « une bordée de neige », attendez-vous à pelleter, déblayer, racler, et j'en passe, votre entrée, votre allée, votre voiture, et tout ce que vous pourriez avoir laissé dormir dehors. Pas votre petit(e) ami(e) ; privilégiez le sofa dans ce cas-là, ce sera quand même plus clément. À Québec, si la neige s'est mis en tête de tomber, il est rare qu'elle ne le fasse qu'à moitié. Bon, par moins dix, laisse faire, même les fabricants de flocons se mettent en grève : trop froid, nom d'un petit bonhomme de neige !

Mais une fois sur sa lancée, elle tombe, tombe, tombe et c'est pourtant vous qui vous inclinez. Chérie m'a raconté qu'une année, elle en avait tellement assez de déneiger — c'était durant ce fameux hiver 2007-2008 et ses cinq cents centimètres de neige — qu'elle a fini par emmener sa fille à l'école en traîneau. Et pourtant, Chérie adore la neige. Pour la petite histoire, il paraît que le jour de sa naissance, en plein mois de mars, il neigeait si fort que les gens se déplaçaient en motoneige dans les rues. Le même mois de la même année, Winnipeg, beaucoup plus à l'ouest, dans la province du Manitoba, a carrément connu « la tempête du siècle ».

Voyez : au Québec, la neige n'en fait qu'à sa tête. Inutile de lutter, le mieux est d'apprendre à l'apprivoiser.

Après une journée — ou une nuit, émotions garanties au petit matin — de lentes précipitations, des murets de neige formés sur les bords des trottoirs par les déblaiements successifs des camions et des riverains les plus lève-tôt encadrent immanquablement votre promenade. Au bout de la rue où je demeure, le chasse-neige a comme dressé deux remparts en repoussant les amas de flocons. La route semble ainsi barrée, à moins que les bancs de neige ne servent d'abris fantaisistes pour se protéger d'assaillants imaginaires. Les traces de chenilles au sol renforcent cette impression d'état de siège qu'est l'hiver…

La neige fraîchement tombée et que le pied n'a pas encore écrasée possède, elle, cette texture particulière du délicat sucre glace dont on saupoudre les bonnes pâtisseries maison. D'où cette réflexion légère que tout Français pourrait lancer à la ronde, découragé mais heureux tout de même devant ces mètres cubes de poudre immaculée à balayer, repousser, tasser pour se frayer un chemin de bon matin : « C'est pas du gâteau ! »

Atchoum ! (Pour qui sont tous ces « f » qui fourmillent dans ma tête ?)

Ce matin-là, je me lève avec une drôle de sensation — ou de non-sensation. C'est comme si je n'avais plus de nez : le froid l'a subtilisé. Mes paupières sont lourdes, très lourdes : un microbe m'a regardé droit dans les globules et m'a psalmodié inlassablement « dors, je le veux ». J'ai fait plus que cela, je le crains. Ma gorge, quel mauvais caractère ! s'irrite quand je tente de la faire parler. Je n'insiste pas. J'aspire une bouffée d'air pur, mais j'expire la tête pleine de fourmillements. La lenteur s'insinue dans mes gestes, la fièvre coule dans mes doigts. Je renâcle à faire du surplace, renifle à l'idée d'aller me dégourdir.

Quand enfin j'enfile un haut chaud et m'engouffre dans la cuisine où m'attend du bon café bien fort, capable de chasser tout ce froid qui feule aux fenêtres et fait mine de s'infiltrer, Chérie m'adresse ses sincères félicitations : « Ton premier rhume québécois ! Ça se fête ! »

Surhommes de neige

En Amérique, tout est plus grand. Et le Québec, je le rappelle, c'est aussi l'Amérique. Du Nord. Et le Nord, c'est froid. L'hiver ne fait pas qu'y passer, il s'y installe et il en partira quand ça lui chantera.

Donc, disais-je, en Amérique, tout est plus grand. Parfois plus gros, mais là n'est pas la question. Le Québec représente un territoire beaucoup plus vaste que la France : 1 667 441 km², donc trois fois la surface de l'Hexagone. Pour se rendre d'une grande ville à une autre rien que dans cette province, par exemple de Québec à Gatineau, tu peux parcourir jusqu'à cinq cents kilomètres. Cinq cents kilomètres ! Avec pareille distance, tu traverses la moitié de la France en principe. Mais là, ça ne rigole pas, c'est le Nouveau Continent, et même pour aller chercher des clopes ou du pain, tu comprends pourquoi les mecs sortent leur pick-up.

— Tiens, il fait beau ce week-end, si on se rendait au bord de la mer, en Nouvelle-Écosse, à Halifax ?

— Mon amour, c'est à dix heures de route.

— Ah… Laisse tomber, le temps qu'on arrive il sera déjà l'heure de repartir travailler.

C'est un autre espace-temps, je vous dis. Tout n'est pas seulement plus grand mais aussi plus étendu, plus long, plus large, plus imposant. Avenues, hambourgeois-frites, automobiles, camions, machines à laver, et même les gens. Bon, il y a bien quelques « petits » aussi : des petites mémés, des petites économies, des petits tracas, des petits plaisirs (qui a dit « là où il y a du petit, il n'y a pas de plaisir » ?), des petits malins, des petites voitures (oui, oui, on en voit) et des petits cons. Ici aussi, hélas, oui. Par contre, pas de petits-suisses. Et les pots de yogourt sont énormes.

Et donc, les bonhommes de neige obéissent aussi à cette loi des proportions nord-américaines : ce sont des yétis.

Des nouvelles de France

Les copains et moi, on s'écrit de temps en temps. Et vous ne devinerez jamais, mais la première chose qu'ils me demandent, ou la dernière qu'ils me souhaitent, comme la plus tendre et la plus élégante touche d'affection épistolaire, c'est : « Alors, ça caille ? » (comprenez « il fait *très* froid »), « Quel temps fait-il ? » (comme s'ils ne le savaient pas…), « Embrasse le blizzard pour moi », « Tu ne te les gèles pas trop ? » (heu, si), « Tu n'as pas trop froid, j'espère » (là, je devine une pointe d'ironie), « Bon, t'as fait du *skidoo* ? » Etc. Beaucoup savent que je cherche une belle maison dans le coin, peut-être même à faire construire. Et là je redoute les commentaires : « Ça doit être sympa d'habiter dans un igloo » ; « Oh chouette, et la patinoire est offerte avec la maison ? » ; « T'as un endroit pour garer ton traîneau ? »

Bonnets de nuit

Ici, un bonnet de laine s'appelle une tuque. Le jour, personne ne sort sans elle (l'hiver, *of course*), sauf ceux qui, comme le dit très justement l'expression, « n'ont pas froid aux yeux », ni aux oreilles. La nuit, elle reste évidemment de mise en cas de promenade et, dans certains clubs où la musique et la bière coulent à flots, il n'est pas rare de voir quelques jeunes danser en chandail avec leur tuque. Ce qui pourrait aller à l'encontre d'une autre expression française, celle de « bonnets de nuit » désignant des individus couche-tôt, peu enclins à faire la fête.

De deux choses l'une, donc : ou le Québec cultive l'esprit de contradiction, ou les Français tiennent à tout prix à montrer qu'ils gardent la tête froide.

Les Français font des pieds et des mains, les Canadiens juste du hockey

Ici, le sport national, c'est le hockey. C'est au Canada qu'est née cette pratique et elle déchaîne, je vous l'assure, autant de passions dans les stades et devant les postes de télévision les soirs de match que notre football à nous, qu'on appelle ici « soccer » (comme aux États-Unis).

Il fut un temps où les Canadiens, l'équipe de Montréal, raflaient toutes les victoires, et donc toutes les coupes ; surtout celle appelée « Stanley », vingt-quatre fois en tout, dont cinq consécutives de 1956 à 1960 et quatre d'affilée de 1976 à 1979. Cette équipe est au hockey ce que les Yankees de New York sont au baseball : une légende.

Québec eut aussi son équipe à elle, les Nordiques — jamais parvenue en finale de la coupe Stanley —, déménagée à Denver en 1995 et devenue l'Avalanche du Colorado.

Je n'ai pas encore joui du privilège d'assister à une rencontre, mais j'ai déjà remarqué, en revanche, que le soccer gagnait du terrain dans ces contrées froides. On peut raisonnablement penser que les *hooligans* et autres partisans du Paris Saint-Germain resteront là où ils sont. De toute façon, il fait trop froid pour eux, non ?

J'espère qu'il s'en trouverait, parmi les fans de hockey québécois, quelques-uns prêts à leur « chercher des crosses » s'ils comptaient néanmoins débarquer dans les arénas locaux.

Précisons, pour la petite histoire, qu'en France on appelle « crosse » le bâton de hockey ; et que « chercher des crosses » signifie « chercher la bagarre ». Et vlan.

Trou de mémoire

Vendredi matin, moins neuf degrés dehors avec une petite averse de neige, le genre qui recouvre lentement mais sûrement l'allée ou l'auto que vous aviez pris le temps et la peine de dégager la veille au soir, justement pour être tranquille au réveil.

Bon. Je sors donc j'enfile — c'est un peu le « je pense donc je suis » de Descartes revu et corrigé à l'aune de la rigueur hivernale — plusieurs couches vestimentaires. Un maillot de corps puis un autre, puis un chandail en laine, puis une paire de chaussettes, puis une autre plus épaisse, puis une combine, puis un pantalon de ski, puis les bottes puis la tuque puis le foulard puis la canadienne puis les mitaines. Et puis, quoi ?

J'ai mis tellement de temps à tout revêtir et à ne rien oublier que je ne sais même plus ce que je devais faire à l'extérieur...

Miracle

Je ne le dirai jamais assez : le fait de parler français dans cette région du monde relève purement et simplement du miracle culturel. Je veux dire : on est en Amérique, nom d'un petit bonhomme ! Débarquer ici, constater que toute l'information écrite, panneaux de signalisation, enseignes, affiches publicitaires et institutionnelles, presse, prospectus, emballages industriels et j'en passe, s'offre à vous dans votre langue maternelle a quelque chose de véritablement réconfortant. Vous allumez la télé ou la radio et, pareil, vous vous sentez un petit peu chez vous tout en ayant pleinement conscience d'être ailleurs, et loin.

Quand vous sortez du Québec, le français se trouve bien sûr minoré, mais même à Ottawa, les panneaux sont rédigés dans les deux langues. Un héritage de la coûteuse politique menée par le premier ministre du Canada Pierre Elliott Trudeau et de la loi adoptée par le Parlement en 1969, proclamant l'anglais et le français comme langues officielles de l'État fédéral canadien.

Je ne sais pas si les Canadiens se considèrent comme citoyens d'un pays véritablement bilingue. Je n'essaierais pas, en tout cas, de me faire servir en français dans un restaurant de Toronto ou de Vancouver : ce serait peine perdue. Mais que le français ait survécu dans cet immense bouillon de culture nord-américaine, au demeurant très stimulante et enrichissante, surtout pour un Européen, a quelque chose de magique.

Ceux qu'on appelle les « Canadiens français », dix millions sur une population totale de trente-quatre millions, habitent principalement le Québec, l'Ontario et le Nouveau-Brunswick, donc trois provinces sur dix, toutes voisines. C'est dire si le « parler français » se concentre dans une zone géographique bien précise et limitée, le reste du territoire étant majoritairement occupé par les anglophones. Mais je m'en voudrais de ne pas citer, en contrepoint, la communauté francophone du Manitoba, près de cinquante mille personnes au total : les Franco-Manitobains, qui habitent pour la plupart dans la région de Winnipeg.

Quand je sors me promener, qu'il tempête ou qu'il descende à vingt degrés en dessous de zéro, je mesure ma chance d'être compris et d'assimiler instantanément tout ce qu'on me dit, m'écrit, m'oppose. Bien avant, justement, de mesurer la température ou le nombre de centimètres de neige tombés dans la nuit.

À la tombée de la nuit

Certains jours, je ne sors pas, ou peu. Je sais, je vous ai exhorté à prendre l'air, à vagabonder dans les bois blanchis par le froid, à gambader sur les plaines enneigées, à flirter avec les trottoirs verglacés et les vitrines embuées des magasins, à vous perdre dans les culs-de-sac, à vous retrouver dans les quartiers résidentiels de Sillery ou sur la Grande-Allée de Québec, à contempler le Saint-Laurent aux prises avec l'hiver qui tente de le pétrifier.

Mais c'est un fait : parfois et malgré toutes ces invitations à l'escapade, je sors peu. Cependant me voilà à l'orée de la nuit, mettant le nez dehors, foulant les quelques coulées de neige entassées dans les rues avec l'exquise sensation de poser les pieds pour la première fois dans de la poudre immaculée, enchantée conception. Avec le soir obscur qui s'abat sur mes épaules, la blancheur qui agrippe mes mollets, je me sens pris entre deux feux, deux couleurs primaires, deux éléments déchaînés et pourtant si calmes, si apaisants. Une promenade dans ces rues saupoudrées par les cieux quand la lumière du jour s'éteint, c'est une percée éphémère dans un monde rempli d'une ouate délicatement bleutée. La seule, alors, de ma journée.

Vague à l'âme du samedi

Ce chapitre n'est pas drôle. Par la grande baie vitrée de la bibliothèque où j'écris tant d'après-midi, soumis aux flottements de mon inspiration, je deviens le témoin gênant du détachement dont fait preuve le ciel à l'égard de l'horizon. Le blanc sur les toits, que la lumière du soir découpe avec irrégularité, se teinte de bleu, de gris, de l'étoile qui n'a pas encore filé. Je distingue une huile qui se répand dans l'arrière-plan nuageux, une gouache plus foncée que le pinceau du paysage applique fâcheusement sur cette toile du quartier.

Peine perdue, ou plutôt peine trouvée en ce samedi, l'hiver désespère chaque parcelle de ma joie picturale. Ce fut un jour de beau temps, mais un jour sans lumière.

L'existentialisme est
une promenade anodine

Pourquoi, lorsque je marche sur la neige, mes pas font-ils plus de bruit que ceux des passants alentour ? Même après tant de promenades et de re-promenades, la réponse ne m'est pas apparue. J'ai scruté les traces laissées par les autres, réglé mon pas sur le pas de Chérie, allégé mon jeu de jambes, alourdi mon enthousiasme, levé fièrement la tête, jeté un regard invitant et amical au timide soleil de janvier. Rien n'y a fait. Je sors et je marche et ça fait des grands « scrrrrccch », et ça fait des grands « scrrrrch » qui supplantent le crissement des marcheurs qui me côtoient ici et là. Un épais blizzard entoure ce mystère.

Numéros de magie

Fin d'une longue semaine de travail, surtout pour Chérie. Invitée au spectacle d'un mentaliste-illusionniste sur la rive sud, elle me propose de l'accompagner. Le numéro s'avère excellent. Franchement, je ne sais pas quel est le truc. S'il y en a un, chapeau ; et s'il n'y en a pas, encore bravo.

Après le spectacle, je m'éclipse. La salle se situe tout près du Saint-Laurent, que je me hâte d'aller jauger par cette nuit froide et morcelée. Pour accéder aux abords, je traverse un petit parc, m'enfonce dans la neige. Jusqu'aux genoux, même là où le muret se dresse, dernier rempart avant le grand saut. Deux mètres plus bas, la glace enserre le fleuve balayé par les craquements de ses eaux. Québec s'illumine et se montre, de l'autre rive, sous sa meilleure nuit. Le spectacle est tout bonnement magnifique. Je ne sais pas si la nature a un truc. S'il n'y en a pas, chapeau ; et s'il y en a un, encore bravo.

Tête en l'air

Il paraît qu'à New York, on reconnaît immédiatement un touriste à son air ahuri, ébahi, ébloui et à sa tête immanquablement penchée en arrière, le regard perché sur le sommet des gratte-ciel qui surplombent la ville. À Québec et dans ses environs pris sur le vif de l'hiver, on le reconnaît, lui et son cousin éloigné le passant inquiet, à cette même posture. Pas tant pour admirer la vue du bas des plus hautes tours de la cité, même si le quartier dit « Limoilou », avec le boulevard Charest, rappelle à bien des égards certaines artères de Montréal, laquelle métropole se révèle évidemment plus nord-américaine dans sa topographie. Non, si y on lève les yeux, c'est pour inspecter les stalactites formées sur les corniches et les arêtes des bâtiments, et qui menacent de se rompre à tout moment. Des morceaux de choix de l'hiver québécois, aussi pointus qu'un pic à glace. Il y a bien sûr des blocs plus petits mais massifs et non moins lourds de conséquences pour les malheureuses têtes qui n'en recevraient ne serait-ce qu'une infime partie.

Prudence donc, comme l'indiquent de nombreux panneaux au pied des bâtiments.

Certes, Québec n'a pas une pléthore de splendeurs à offrir côté immeubles vertigineux. Notons quand même l'édifice Marie-Guyart, appelé aussi « Complexe G », qui dispose à son dernier étage de l'Observatoire de la Capitale. S'y promener le nez en l'air peut donc procurer bien du plaisir, celui de pouvoir, justement, continuer à y flâner l'esprit léger.

Regardez tout de même où vous mettez les pieds, il y a de la glace aussi au sol.

Moins dix-huit à moins vingt-six

Voilà, nous y sommes. Les bulletins météo l'affichent, pas de doute possible, hier, dimanche il faisait moins vingt en journée, quasiment moins trente en soirée. Aujourd'hui, lundi, même topo, on descend largement au-dessous de zéro. Je n'en suis pas encore à ce que l'expression consacrée appelle « le trente-sixième dessous », mais j'entends quand même parler d'un « moins quarante-cinq » avec le facteur vent. Lequel ne sonne pas toujours deux fois, la preuve. Sûr qu'au bord du fleuve, on doit se sentir un peu tétanisé, comme frappé de plein fouet par un iceberg, la coque fendue et tout le corps qui prend l'eau, sans Céline Dion en fond (sonore) ni DiCaprio dans les environs. Deux précautions de chaleur valent mieux qu'une, surtout par moins trente. Je me suis vêtu, j'ai vu, le froid m'a vaincu, pardon : convaincu, de rentrer vite à la maison.

Avant de franchir le seuil, avant de me jeter dans le froid ainsi emmitouflé, je me suis fait l'effet, harnaché comme jamais, d'un plongeur prêt à explorer les grands fonds, avec descente par paliers. Remarquez que là, c'est le mercure qui descend.

N'empêche, moins quinze ou moins vingt-cinq, c'est tellement glacial que je ne fais pas vraiment la différence. Dehors, notez bien, le ciel éclate d'azur, le soleil brille, mais de très loin. Luminosité incroyable, température intraitable.

Finalement, lorsque je sors en fin d'après-midi, le jour décline, la nuit me surprend en plus du froid. Je me souviens avec émotion de mon ancien congélateur immense, en

France, affichant un moins vingt-deux de rigueur. C'est exactement l'effet que me fait cette promenade dans le quartier frigorifié. Quelqu'un vient de claquer derrière moi la porte du compartiment à glace et la lumière s'est éteinte brusquement.

Je sais maintenant ce qu'éprouve un steak surgelé dans sa barquette.

Ville haute, ville basse

Un jour que j'avais rendez-vous dans une librairie rue Saint-Joseph à Québec, j'en ai profité, une fois stationné et délesté de mes deux derniers dollars en poche par le parcomètre en vis-à-vis, pour parcourir les environs à pied. Tant et si bien que dans mes pérégrinations, je suis remonté vers la fameuse rue Saint-Jean, typique et qui peut vous mener au delà des remparts, au cœur de la vieille ville. J'écris « remonté » et le terme prend ici tout son sens, Québec déployant ses beautés et ses quartiers sur une dénivellation impressionnante. J'ai auparavant croisé au bas de mon périple, près du boulevard Charest Ouest, un promeneur-artiste-sculpteur qui m'a invité à faire un bout de chemin avec lui. Quand je lui ai annoncé où j'allais, il a ajouté que c'était encore mieux ainsi, parce qu'alors je pourrais prendre l'ascenseur tout proche pour m'y rendre. J'ai compris quelques dizaines de minutes plus tard son excessif enthousiasme pour ledit moyen de locomotion verticale. Préférant gravir les marches des escaliers qui menaient à la haute ville, j'ai eu le sentiment de faire une petite randonnée en montagne, balade essoufflante jusqu'à la rue tant convoitée. De là-haut, quand vous regardez vers le nord, à chaque croisement, vous apercevez des routes qui cascadent jusqu'à se fondre dans le décor d'arrière-plan. J'ai pensé aux rues de San Francisco, le soleil et Michael Douglas en moins.

Deux heures plus tard, je suis redescendu pour récupérer mon auto, avec une belle volée de marches à dévaler, plus abruptes encore. Je n'ai pas recroisé l'artiste ni Michael

Douglas qui, pendant tout ce temps, aurait pu passer aux moins deux épisodes d'affilée à poursuivre des voleurs et des criminels, de haut en bas, de bas en haut. Plus à l'ouest de la rue Saint-Jean, j'aurais pu m'écrier « rien de nouveau », que de l'ancien. La vieille ville, quel charme !

J'y étais déjà souvent venu, j'y reviendrai encore. Pour ce qui est d'arpenter ces rues, de gravir les échelons de cette promenade solitaire, je me suis souvenu du conseil du sculpteur, qui m'a promis de me faire « un prix » si je passais un de ces quatre matins lui acheter une de ses œuvres plastiques.

Vu sa gentillesse, je me dis, a posteriori, que je pourrais ainsi… lui renvoyer l'ascenseur.

Flash-back : où un balayeur de la ville de Paris me parle de sa langue blanche et de son amour du Canada

La rencontre avec le sculpteur près de la rue Saint-Joseph et son incroyable exhortation, au-delà de l'acquisition d'une de ses œuvres d'art, à ce que Chérie et moi fassions, je le cite, « un beau petit bébé », m'a remis en mémoire ce truculent épisode vécu à la sortie du Bureau d'immigration du Québec à Paris l'an dernier. Je venais de glaner quelques renseignements pour le montage de mon dossier d'implantation au Canada. Un casse-tête plutôt qu'autre chose, mais bref. Fort des informations obtenues, je m'en allais d'un pas léger, direction la station de métro la plus proche. Comme un employé de la ville engageait la conversation, je l'ai poursuivie. Et, apprenant que je planifiais de m'installer dans la Belle Province, le voilà qui me conte ses mésaventures conjugales, ses frustrations du quotidien, ses rêves de fête troublés par les contingences de la vie à Paris, en France, en euros, et de toutes les couleurs de la pollution. L'idéalisme d'un ailleurs que « l'autre », en face de vous et au hasard d'une rencontre au carrefour de différentes cultures, déclare bientôt conquérir s'avère plus que facile et un piège dialectique. On trouve toujours que celui qui part pour des horizons libres, vastes, d'une incroyable beauté et si possible lointains, a « plus de chance » que nous qui, on aime alors à l'asséner, vivons décidément dans un pays « pourri », un royaume de la rustrerie où les moins honnêtes sont rois. En fait, nous fantasmons tous sur l'idée du changement, d'une autre vie, soit parce qu'écoulée loin d'ici, soit parce que fondée sur des expériences nouvelles, où le plaisir l'emporte sur l'obligation.

Fin de la parenthèse, le bonhomme devait me voir comme le prolongement ou la concrétisation de ses velléités d'évasion. Ce n'était plus un dialogue, mais une logorrhée dont je devenais l'unique témoin, le receveur testamentaire. Je le revois encore, appuyé sur son balai, le fameux vert fluo « Ville de Paris », le regard rivé sur l'horizon haussmannien, la tête haute et la verve limpide, rapide.

— Vous avez bien raison, moi aussi je partirais bien, tiens, tout plaquer, quitter ce boulot, de toute façon il sert à payer les factures et après, avec l'euro, il te reste rien. Ah ! partir loin, loin de tout ça. Si j'avais pas des enfants, je quitterais tout, je ferais la fête et de belles rencontres. Ah oui ! ah ça oui ! ah ça oui alors ! J'en ai marre de cette ville et de ces gens qui font la gueule. Non mais regardez-les, vous avez vu ! Je vous le dis, partir loin, ah ça oui ! vous avez de la chance. Moi aussi je voudrais bien et ne plus avoir de patron et marre de payer des impôts pour tout et pour rien, il me reste quoi après ça, je vous le demande hein. Ah, partir ! et puis ma femme me casse les pieds, et les « ah non ! non, je ne t'embrasse pas, t'as la langue blanche », et qu'est-ce que je ferais pas moi aussi pour tout plaquer, ah ! le Canada, ouais vous avez raison, ah ! le Québec en plus, ils parlent français là-bas, et puis vous êtes jeune et moi aussi j'irais bien, ah ça ! oui, partir !

Pendant qu'il monologuait, je le regardais et compatissais sincèrement à son ras-le-bol. Il y avait de la facétie dans sa complainte ; c'était tout un numéro. Et puis, entre nous, pour ce que j'ai pu en voir, sa langue avait la couleur de toutes les autres. Ce qui est sûr, c'est qu'il l'avait bien pendue, et pas dans sa poche.

Autant en emporte l'auvent

À l'automne en France, on va aux champignons. Avec un peu de chance et beaucoup de savoir-faire, et aussi de « savoir-se-lever-tôt » j'en conviens, on ne revient que rarement bredouille de cette cueillette qui, en fait, a presque tout de la chasse. Sauf qu'un champignon ne détale pas comme un lapin et qu'il vaut mieux ne pas tirer dessus, OK.

Au Québec, à la même période, de blanches excroissances poussent aussi ici et là, non en forêt mais à proximité des maisons : les auvents. Avec novembre se profile la forte probabilité de précipitations neigeuses. Pas de temps à perdre, si la maison ne dispose pas d'un abri « en dur » pour y garer l'auto, le propriétaire en dresse un en toile de tente plastifiée et s'évite ainsi les déneigements-chagrins du matin. Il n'est pas rare d'en voir aussi quelques-uns montés à l'entrée des immeubles, sorte de pré-hall ou de couloir d'accès extérieur permettant aux escaliers de rester à couvert, sans neige ni verglas.

On est loin du charme de la cueillette des champignons, mais pas tant que ça des joies du camping. Finalement, se préparer à l'hiver, ici, c'est une véritable activité de plein air.

Correspondances et invitation au voyage
(prose d'hiver)

Hier midi, téléphone. Mes parents. Les nouvelles sont bonnes, tout le monde va bien. Seule ombre au tableau, ces gros nuages chargés de pluie qui ont établi leur camp au-dessus de l'Île-de-France. Paris et sa région font grise mine en cette fin du mois de janvier. Le temps se montre doux mais peu clément pour mes compatriotes. Je vais tâcher d'inverser la tendance. Vous êtes prêts ?

Fermez les yeux. Imaginez, vous qui habitez l'Hexagone, que toute cette bruine, ce crachin, ces averses, toutes ces eaux déversées sans discontinuer ne soient plus que flocons, et que ce couvercle pesant et dont le dégradé de gris se perd dans l'horizon fragile comme du carton détrempé fonde soudain du blanc au bleu, aidé d'un souffle tourbillonnant et lumineux. Janvier se vit gris et se fait tout petit sur Paris, janvier se voit grand et se vit en blanc au Québec. Il y a un peu de la France et de Paris dans les lumières du Québec ; il y a un peu de lumière du Québec dans le spleen de Paris.

Rive droite, rive gauche, rive nord, rive sud

À Paris, même s'il ne reste plus tellement grand-chose de la célèbre opposition rive droite/rive gauche, celle-ci est encore inscrite dans l'inconscient collectif. L'esprit rive gauche a marqué... les esprits. Historiquement, cette partie de la capitale française, c'est-à-dire sa moitié sud, séparée de la rive droite, « le nord », par la Seine, regroupait artistes, intellectuels, entre autres à Saint-Germain-des-Prés au fameux Café de Flore, et étudiants et militants politiques dits de gauche (siège, par exemple, du Parti socialiste, rue de Solférino). La tendance aujourd'hui semble à l'éparpillement et à l'abolition des frontières, d'anciens quartiers et arrondissements populaires, comme le XIXe, se réappropriant une dimension artistique où s'immisce aussi l'idée d'une bourgeoisie bohème.

Mais je vous parle de Paris tandis que je suis à Québec alors revenons à nos glaçons.

Québec s'articule aussi autour d'un principe d'opposition socioculturelle rive nord/rive sud. Cité plutôt fonctionnaire et qui souffre un peu, il faut le dire, du centralisme très fort de la métropole de Montréal, Québec ne présente pas la même typologie que celle de la Ville Lumière ni même que celles de New York ou de Montréal, toutes deux construites sur une île. On entend néanmoins parler d'une vraie différence entre les deux rives, le nord hébergeant en son sein la vieille ville et des quartiers culturellement plus développés, forcément plus riches et plus prisés, où le Parlement sert de point d'ancrage, de raison de surenchère sur le prix des logements. Plus vous vous en approchez, plus les loyers ou les coûts d'acquisition flambent. La rive sud, quant à elle, gagne en naturalité et en atouts champêtres et résidentiels ce qu'elle perd en vie culturelle, même si, phénomène d'exode vers la banlieue oblige, qu'on rencontre aussi au nord à Beauport, à Charlesbourg et même à l'ouest, à Sainte-Foy, les magasins-entrepôts, zones d'activité commerciale, et autres temples de la consommation rapide, y compris alimentaire, y fleurissent jusqu'à la standardisation malheureuse et outrancière des quartiers. Traditionnellement, la rive sud fut la terre d'asile de populations plus rurales, agricoles. On pourrait presque ajouter campagnardes. C'est un peu comme à Paris, Lyon, et d'autres grandes villes de France, où les banlieues restent très marquées en dépit de leur charme original effectif mais défiguré. Et je sais de quoi je parle, venant moi-même du « neuf trois », un département considéré comme l'un des plus sinistrés socialement et pourtant plus attractif pour les classes moyennes, que l'ouest de Paris — je ne parle même pas de la vie intra-muros, dont les coûts atteignent des proportions exorbitantes — a exclu progressivement de par ses standards économiques élevés.

Et donc, s'il n'est pas rare d'entendre encore des remarques du type « ça, c'est vraiment trèèèèèès rive gâââuche » dans les rues de Paris, on sera moins nourri de ces particularismes à Québec, même si, comme dans tout territoire partagé, organisé autour d'un fleuve, des clivages et rivalités demeurent.

Entendu récemment alors qu'un gros 4 × 4 débarquait à fond de train pour nous barrer la route à la sortie d'une station-service : « Ça, tu vois, c'est vraiment l'esprit rive sud. » Il est vrai que 4 × 4 et culture ne font pas bon ménage.

La balade du jour ressemble
à un immense plat de pâtes

Aujourd'hui, vendredi, je sors malgré la persistance de mon rhume. Je « prends une marche » dans le quartier, première à gauche puis première à droite, puis à gauche, puis encore à gauche. Tout en me promenant, bien au chaud, car la température avoisine les moins sept degrés, je constate qu'il neige finement, précipitation agrémentée d'un soleil incertain mais plaisant.

Il est l'heure de dîner. Soudain, le ciel m'apparaît comme une énorme râpe d'une légère couleur paille, à travers laquelle des nuages-parmesan s'étiolent pour accommoder la copieuse assiette de linguinis que des passants et moi parcourons d'un pas tranquille et affamé. Menoum ; miam en québécois.

Souper en ville

Lundi soir dernier, nous sortons souper au restaurant avec Chérie. On choisit pour l'occasion un endroit feutré avec belle gastronomie au menu. Dehors, moins trente degrés au bas mot, autant dire que nous étions plus couverts encore que le pape lorsqu'il prend un bain de foule lors d'un pèlerinage. Sous les couches de vêtements, on avait peine à percevoir la silhouette et les traits de chacun. Quand je pense qu'en France, sortir à visage caché par temps de manifestation est passible d'une arrestation, je me dis que par grand vent et avec le climat d'ici, les policiers seraient vite débordés.

Après le souper — oui, c'était délicieux, merci —, il a fallu récupérer nos manteaux, foulards, cols, mitaines et tuques au vestiaire. Toute une garde-robe d'hiver à nous deux. J'ai mis autant de temps à me revêtir chaudement qu'à déguster mon plat.

Tout en me voyant m'affairer pour redevenir présentable face au climat, le propriétaire des lieux m'a rassuré d'un ton chaleureux : « Vous allez y arriver, ne vous inquiétez pas. » L'homme était bien placé pour le savoir : il était Français lui aussi.

L'épisode m'a rappelé en tout cas quelle expédition cela peut être de sortir pour aller souper dans le quartier en plein hiver. Même pour une soirée en amoureux au restaurant, on peut se sentir un peu pionnier du Nouveau Monde.

Invasion USA

Je précise ici que le titre de ce chapitre ne fait pas référence à l'américanisation grandissante du Québec et des Québécois, phénomène pourtant réel si j'en crois l'ouvrage *Le destin américain du Québec*, de Guy Lachapelle.

Le mari d'une cousine de Chérie, chez qui nous avons fait halte à Mascouche, banlieue nord de Montréal, m'a justement rapporté il y a peu qu'à son travail, tous les jeunes de vingt, vingt-cinq ans s'exprimaient en anglais dans leur vie socioprofessionnelle et même sur Facebook, comme une seconde nature linguistique qui deviendrait peu à peu la première... D'après mon interlocuteur, la tendance conduit à une américanisation majeure des nouvelles générations, la francophonie étant amenée, au moins dans la sphère où il se situe, «planète Montréal» comme on dit ici, à disparaître pour de bon. Ce serait la fin de ce que je considère comme un miracle culturel de l'Amérique du Nord...

Bref, ce n'est pas de ça que je veux jaser.

Non, je veux ici parler de la tempête de neige qui, en ce début février, sévit sur le territoire étatsunien et vient de franchir la frontière canadienne pour gagner la Belle Province. Montréal, on va y revenir, semble avoir été un peu plus touchée que Québec, où la neige se gère aussi plus facilement. Impressionnant de voir à quel point ladite tempête paralyse les États, surtout le Sud, où la neige reste une exception météorologique. Des pick-up qui «partent en sucette», des véhicules de shérif embourbés dans la poudrerie au Texas, des autos qui font dans le dérapage incontrôlé : les Étatsuniens connaissent sans doute leur première tempête du siècle. À New York, la ville croule sous la neige ; à Chicago, où l'on maîtrise la question, une journaliste originaire du Québec parle même, en habituée pourtant, de jamais vu. Au Kansas, les flocons se précipitent de plus en plus vite, de plus en plus fort. Et l'immense tache blanche contagieuse qui s'affiche sur la carte de l'Amérique au bulletin télévisé se déplace immanquablement vers le nord, nord-est, direction le Québec. Les éléments naturels et déchaînés sont bien les seuls à pouvoir franchir aussi facilement la plus longue frontière du monde. Six mille kilomètres en tout, tabarouette !

« Envoye ! » comme disent les Québécois en le prononçant « enwèye ». « Enwèye ! La neige, on sait ce que c'est, nous aut' ! »

Montréal, deuxième !

Jour de tempête au Québec, Montréal est ensevelie à son tour sous la neige ; la Capitale nationale quant à elle a connu plus dense, plus blanc, plus poudreux. Mais quand même, au petit matin, en faisant le tour du quartier, je repère quelques amas de neige tassée par les camions sur les trottoirs. Face à l'entrée d'un immeuble, bloc de briques rouges impassible, se dresse une petite montagne, de la poudrerie accumulée, pelletée, poussée jusque dans ses retranchements verticaux ; le sommet de ce promontoire formé pendant la nuit tutoie le premier étage de ces habitations qui se découvrent un nouveau voisin, du genre neigeux mais pas très bonhomme. Je reste bouche bée devant tant de volume. Ceux du rez-de-chaussée ou disons du demi-sous-sol, car, oui, il faut que je vous explique : beaucoup d'immeubles offrent la possibilité de se loger à ce niveau, avec des fenêtres au ras du bitume ou presque et un loyer peu élevé lui aussi. Ces locataires, donc, ne profitent d'aucun autre horizon que celui de tout ce blanc compacté à leur porte. Ailleurs, les chasse-neige s'activent encore, et l'on prend la route tranquillement vers Montréal sous une neige fine, qui nous a donné un peu de travail sur et autour de l'auto avant le départ. En chemin, nous faisons halte dans une station de radio de Drummondville. J'y rencontre un animateur qui me confie que le temps n'a rien de tempétueux à son avis ; lui a connu les vraies, les cycloniques précipitations neigeuses en Gaspésie. N'empêche : à Montréal, on parle de carambolages dus aux pluies verglaçantes et aux routes surprises par l'hiver...

Arrivés à destination, nous avons de quoi constater que les rues sont toujours prises dans les filets de la neige. Dans le Vieux-Port, rue de la Commune, des voitures stationnées donnent l'impression désolée d'avoir été emprisonnées dans la poudre, des roues jusqu'aux portières. L'extraction des véhicules devient un périple, les trottoirs sont bouchés, les abords des routes remodelés par la neige, autant dire que piétons et automobilistes s'aventurent plus qu'ils ne se promènent. Je passe l'après-midi dans le coin puis remonte le boulevard Saint-Laurent, plus fluide, plus dégagé par endroits. Traverser la rue pour me rendre sur le trottoir d'en face reste une expédition : entre l'asphalte du boulevard et le pavé piétonnier, des murets de neige façonnés en dents de scie se dressent anarchiquement, obligeant le quidam à sauter avec énergie et à s'enfoncer à l'arrivée, jusqu'aux genoux si besoin. Qu'est-ce qu'il ne faut pas faire pour rejoindre un bar où un auteur de polars vous a donné rendez-vous, ou même atteindre un guichet automatique malencontreusement situé de l'autre côté de la rue.

Le même jour, Chérie est allée rendre visite à une cousine tout près de l'avenue du Mont-Royal, une voie qui se révèle agréable à la déambulation. Pour se garer dans ce qui demeurait encore à mes yeux un maelström de neige et de traces de pneus lorsque je les ai rejointes, elle et son hôtesse, deux heures plus tard, elle y est allée de bons coups de pelle, avant un bon coup de volant. Avec ce trop-plein d'hiver blanc, Montréal avait les allures d'une ville de neige en ruine. Ou en chantier, au choix.

Hospitalité

L'ami — Français — d'un ami — tout aussi Français — qui m'a gentiment reçu, chez lui, à Montréal lors de mon dernier passage dans la métropole m'expliquait que les Québécois sont très accueillants et chaleureux, mais qu'ils, je le cite, « n'ouvrent pas facilement leur porte ». Comprenez par là que pour un étranger, intégrer un cercle d'amis, partager un repas familial ou juste une bière dans le salon relève d'un long processus de socialisation et de culture de relations sincères, sereines, tout sauf superficielles.

Je n'ai pas eu pour ma part à éprouver ce théorème relationnel : Chérie m'a présenté à son entourage et à ses êtres chers, lesquels m'ont accepté et intégré spontanément à leur cellule affective. Mais j'ai croisé, je m'en souviens, quelques compatriotes exilés dans le centre-ville de Québec et qui avouaient ne pas s'être fait beaucoup d'amis même après plusieurs mois de résidence.

De mon côté, j'ai eu la chance de côtoyer rapidement des Québécois que je qualifierais volontiers d'adorables, soit un bon cran au-dessus de l'adjectif amical.

À Montréal, pour y revenir, Chérie a rendu visite à ses deux cousines, dont l'une habite en banlieue. Leur hospitalité m'a ému, vraiment, autant que la volubilité de la plus jeune, un festival de paroles enjouées à elle seule. De paroles mais aussi de ragoût d'orignal pour le souper — c'était délicieux merci — et de pains beurrés, « *french toast* », du pain perdu en français de France, pour le déjeuner le lendemain matin. Le tout avec de vrais morceaux de *Guerre des étoiles*, de westerns spaghettis et de John Carpenter servis dans la discussion, la cousine Mireille ayant aussi le bon goût d'être une cinéphile du genre averti.

Amis, famille, tous ceux à qui j'ai été présenté m'ont tendu une main généreuse et enjouée. Ils ne m'ont pas seulement ouvert leur porte, mais aussi leur cœur.

Ce chapitre, donc, pour faire un peu mentir l'adage de l'immigrant solitaire et esseulé malgré lui.

Plaines-itude

Avec la neige tombée les jours d'avant, et le renouveau de tempête du week-end, ce dimanche aura été inspirant pour une belle marche en raquettes sur les plaines d'Abraham.

Promeneurs, joggeurs, skieurs de fond, adeptes de la luge et des glissades avec les enfants, tous les amoureux du plein air d'hiver étaient de sortie en cette magnifique fin d'après-midi. Chacun à son rythme. On pourrait croire que les plaines n'offrent qu'un relief limité pour le ski et les raquettes. Erreur : j'ai dévalé et remonté des pentes qui m'ont donné du fil cardiovasculaire à retordre. Parcourir certaines étendues en raquettes s'apparentait à la montée d'escaliers que la nature aurait disposés par caprice de copropriétaire refusant l'installation d'un ascenseur, quand bien même il y aurait dix étages à gravir et une majorité de personnes âgées dans l'immeuble. J'ai redécouvert le parc des Champs-de-Bataille à travers l'effort et l'essoufflement de cette randonnée particulière. L'aval et l'amont de chacune des buttes, collines, côtes de cet espace, petit paradis de verdure et de blancheur en cette saison, en plein centre-ville, m'ont offert des moments uniques, procuré des sensations que je n'avais ressenties qu'en montagne.

Aujourd'hui, lundi, la neige tombe plus fort et plus longtemps. Je repense alors aux plaines, à aller une fois de plus crapahuter dans la poudreuse. À ce moment-là, pour moi, la vie ne vaut la peine d'être vécue qu'en raquettes.

Histoire belge façon Terre-Neuve

Ce matin, alors qu'il neige toujours abondamment sous un ciel lourd de sous-entendus hivernaux, nous recevons un courriel humoristique. Il y est question d'une définition de la rapidité. La chute est scabreuse, drôle mais impubliable. Je note que le dindon de la farce racontée est un Newfie, un habitant de Terre-Neuve. J'apprends ainsi que dans les histoires drôles du Québec, on aime gentiment se moquer des Newfies. Les Québécois ont leurs Belges…

Les histoires de blondes, en revanche, sont universelles et font aussi fureur au Québec. Mais ne vous trompez pas de blonde : ici, la « blonde » de quelqu'un, c'est aussi sa compagne, sa conjointe, sa petite amie. Chérie est ma blonde, même si elle est brune.

Tout ça pour dire qu'on est toujours le Belge ou la blonde de quelqu'un, histoire drôle ou non.

Carnaval

Il n'y a pas qu'à Venise, Rio et Dunkerque — cherchez l'intrus exotique — qu'on assiste à des défilés costumés délirants et festifs, où l'éclat des couleurs des tenues bataille dur pour rivaliser avec celui des lumières et des musiques projetées par le cortège.

En février à Québec, c'est le temps du Carnaval.

« Salut bonhomme ! » lance-t-on au personnage qui le représente, un croisement de la mascotte Michelin et de la guimauve géante de *SOS fantômes*. Oui, tout à fait : celle qui marche sur New York à la fin du film. Pendant deux semaines donc, l'hiver se réchauffe à coups de caribou, de chansonnettes et de gigues, bougez les bras, levez les jambes, hop ! par moins vingt, moins trente avec le facteur vent, voilà qui procure des sensations fortes contre l'engourdissement. Les défilés, deux en tout, le premier dans la basse ville, le second dans la haute, ne sont qu'une des attractions majeures du Carnaval. Chaque année, la ville fait aussi construire un château de glace, qui peut avoir les allures d'un palais de conte de fées, ou celles d'une fantaisie architecturale. Celui que je découvre pour l'occasion se révèle de style plutôt médiéval, à tel point qu'on se demande quelle Belle y dort dans la haute tour, enfermée en attendant son prince charmant, pardon : chauffant. Le soir, la place devient dansante, mais oubliez les bardes, les troubadours et les ménestrels, le son est techno-tendance, ça pulse, ça flashe, ça balance, même si contrairement à Ibiza, on garde sa tuque, ses mitaines et son anorak.

Ce samedi soir, veille de clôture du Carnaval, c'est le défilé dans la haute ville. Nous nous garons tant bien que mal — les rues sont soit barrées, soit bondées — et rejoignons la foule sur les trottoirs du boulevard René-Lévesque. Un ange passe. Puis des clowns, des rockers des années cinquante, des poissons géants, des plantes carnivores, des *cheerleaders*, des maîtres de cérémonie twist en costumes à paillettes, des scouts, des princesses, des chevaliers, des savants fous, des acrobates, des fous du roi, de vrais agents de police à moto, des faux extraterrestres, des discomobiles, des Harlequins montés sur échasses, des jongleurs de feu, des chars d'assaut pour faire l'amour pas la guerre, jusqu'à la dernière voiture, celle où Bonhomme Carnaval se dresse jovialement et salue la foule. Après lui, les forces de l'ordre, là ça ne rigole plus, bouclent le cortège. Les gens s'ébrouent, ceux qui assistaient à la fête depuis leur balcon plein à craquer, opportunément sollicité par des amis, voisins, parents et passants de dernière minute, rentrent au chaud. Les autres finissent d'applaudir, c'est un plaisir d'autant que ça réchauffe les mains. Quelques-uns esquissent encore de petits pas de danse au rythme des basses que nos oreilles bien couvertes perçoivent maintenant de loin, dernières pulsations d'un cœur de fête qui bat son plein mais ailleurs, vers la rue Cartier puis sur la Grande-Allée. D'ailleurs, les gens se mettent en route, nous suivons le mouvement, guidés par l'envie d'un chocolat ou d'un vin chaud, allez savoir entre les deux.

C'est une cohue de bonne humeur; certains hurlent leur joie, l'occasion de boire fait le larron en foire.

Nous prenons le chemin qui mène au château de glace, bravant le froid et ce vent, woooooosh! qui soulève et charrie la neige, ce qu'on appelle de la poudrerie.

Plus loin, nous retrouverons le défilé, les sourires en coin, les visages rayonnants malgré la température glaciale, les bras et les jambes agités d'humeur joyeuse, les plus téméraires perchés sur des murets pour dominer le défilé et taper amicalement dans la main de tous ceux qu'ils croisent. Pour l'heure, nous piétinons dans la neige, réchauffés par les éclats de voix des spectateurs les plus expressifs. Une jeune femme houspille son *chum* — son mec, quoi : « Arrête de sacrer, il y a des enfants ! » Mot de la fin et preuve supplémentaire qu'hommes et femmes ne voient définitivement pas la fête d'un même œil.

Travail de sape (pluie : un ; neige : zéro)

S'il y a bien un truc que je déteste par-dessus le marché, c'est le travail qui consiste à passer derrière celui des autres et, comme on dit en français de France, à tout foutre en l'air. Hum, je ne dis pas ça en prévision d'être relu et corrigé par un éditeur, attention. Non : je dis ça à cause du temps qu'il fait aujourd'hui.

Pleuvoir, tremper, grisailler, mouiller, pour moi ce n'est pas faire, bon sang de bonsoir ! Juste défaire.

Or donc, voilà que débarque la pluie avec ses gros sabots mouillés. Qu'est-ce que c'est que ces manières ? Non mais, regardez-moi ce travail ! La neige a pris le temps de tomber, tourbillonner, s'entasser délicatement, tout un art pour s'agglomérer, offrir aux passants la meilleure blancheur, proposer le top du top du crissement sous vos pieds, se montrer malléable à tout.

On n'imagine pas le temps que ça lui a pris, à la neige, pour produire une si belle richesse d'hiver, pour constituer un solide capital glisse, quitte à se mettre à dos les adeptes de la circulation sans encombres, les détracteurs des chasse-neige, les opposants à la tendance du marché des raquettes et du ski de fond.

Et là, l'autre qui débarque, comme une crise surgie de la pire spéculation des nuages et des températures. Zéro degré. Il pleut. Zéro ! Nul !

À quoi ça rime de venir saper toute cette couche de blanc que la neige avait apposée ?

Franchement, il y en a qui méritent des flaques, pardon, des claques.

No *future* pour les fraises

Aujourd'hui, les trottoirs sont couverts de *slush*, de la neige fondue qui vire à la brouillasse. Ça fait « slsssshhh slssssshhh » quand on marche.

Je m'en vais faire mon épicerie au IGA du coin en sautant par-dessus les flaques. À ce stade, je serais tenté de parler de lacs... Prudent, j'évite de fouler le trottoir là où le verglas, pan ! a surpris la neige en pleine fonte.

À l'intérieur du supermarché, au rayon des fruits et légumes, j'aperçois une dame coquette qui parlemente amicalement avec un couple plus chevelu et au look moins passe-partout. Lui est un bon gros punk avec une crête rose côté gauche, verte côté droit. Quand il se retourne, c'est comme si quelqu'un venait de modifier l'éclairage au-dessus de sa tête. *Anyway,* dame coquette a mis la main sur la dernière barquette de fraises. Elle argue qu'elle en a à tout prix besoin. Le punk acquiesce, sa crête suit le mouvement, un peu à contre-cœur, soutenu par sa dulcinée qui dédramatise la pénurie en répétant : « C'est correc', c'est correc'. »

Les punks ne sont plus ce qu'ils étaient. Dans le temps, le méchant lui aurait arraché la barquette des mains, se serait même battu à coups de chaîne de vélo pour l'avoir.

Dans le temps, cela dit, les punks ne bouffaient pas de fraises.

Fumeur de chicanes

L'action se passe pendant le « Off Rideau » à la Ninkasi du Faubourg, un bar-brasserie rue Saint-Jean où défilent ce soir-là des groupes de pop et de rock jouant dans l'espoir d'être engagés pour un spectacle.

Au mur : des tableaux représentant divers artistes. Là, Gainsbourg, légendé « tu es un fumeur de havanes ».

À une table voisine, une jeune Française discute avec un imprésario-producteur, d'au moins vingt-cinq ans son aîné.

— En France, on aime critiquer, dit-elle. Je te critique, tu me critiques, ils critiquent : nous trouvons ça enrichissant.

— Oui, répond sommairement le type. Mais ça crée aussi beaucoup de morosité.

Il n'y a pas de fumée sans feu.

La vieille dame et l'écrivain

Par un heureux hasard, qui fait bien les choses si j'en crois l'adage populaire, j'ai pu rencontrer l'écrivain Alix Renaud. Haïtien d'origine, l'homme a publié plus de quinze ouvrages et a été l'invité de nombreuses célébrations littéraires de par le monde. Chérie l'avait croisé il y a quelques années, cela m'a permis de solliciter l'écrivain pour un entretien.

Rendez-vous fut pris dans un café de la rue Cartier, le Krieghoff pour ne pas le nommer, haut lieu de rencontres littéraires à Québec.

D'une gentillesse et d'une érudition inouïes, Alix Renaud a aussi beaucoup d'humour. Juste quand nous sortions du café — il avait gentiment offert de me raccompagner en auto — une vieille dame l'a apostrophé et lui a demandé de quel pays il était originaire. L'écrivain lui a répondu, mais en précisant qu'il avait passé plus de quarante hivers à Québec.

— Ah, dit-elle mollement. Je vous demande ça parce que j'ai bien connu l'Afrique. Je suis Belge, mais installée ici depuis plus de quatre décennies moi aussi.

Et de nous expliquer qu'elle avait voyagé au Congo belge, aujourd'hui le Zaïre, et qu'elle avait vu du pays, et qu'elle se demandait si…, en voyant monsieur à la sortie du café.

Très affable, l'écrivain lui a adressé un sourire sincère et un bonjour enjoué en guise de conclusion.

Juste avant d'embarquer dans l'auto et de barrer nos portes, il m'a confié en riant : « Ça fait trois fois que je croise cette dame. Et à chaque rencontre, elle me demande toujours de quel pays je viens ! » Promis, ce n'était pas une histoire belge.

Le contraire de l'été en pente douce

L'après-midi est bien entamé au centre de ski Le Relais de Lac-Beauport. Le jeune homme n'a pas fait vingt mètres sur la descente dite « familiale » — verte, pour les accros à la signalétique des stations de sports d'hiver — qu'il se retrouve les deux fers et skis en l'air après un chasse-neige qui l'aura surtout chassé de la piste. Ses camarades, pas trop vaches, évitent de rire de lui : il le fait très bien tout seul.

« Moi et les skis », lance-t-il avec un jeu de jambes capable de démêler même la plus sombre des intrigues politiques telle que celles tramées par la série *24 heures chrono,* « c'est comme moi et l'anglais ! »

J'ai constaté par la suite que le bonhomme ne mentait pas : il n'a jamais joint aucun anglicisme à ses actes de skieur novice et malhabile. Oh ! j'ai eu tout le temps d'observer cela : il a descendu et remonté trois fois la piste pendant que je restais pétrifié d'incertitude, et bientôt de froid, face à la pente pas si familiale que ça à mon sens, ma planche à neige aux pieds et les conseils de mon fils plus expérimenté en tête, lui qui m'avait fait l'immense joie de venir me rejoindre pendant sa semaine de congés scolaires.

J'y vais ? j'y vais pas ? *Damned.*

Pour la peine, j'ai fini la descente à pied, ma planche sous le bras et des jurons anglais plein la bouche.

Le *snowboard* et moi, ça fait *two.*

Ma cabane au Canada

Des amis de Chérie nous ont offert de venir passer le samedi dans leur chalet en montagne. Au programme, déneigement intensif du toit et de la galerie, à grand renfort de whisky. Mais aussi raquettes en forêt, belote et rebelote du soir, espoir, au coin du poêle. Avec Monopoly inachevé, juste avant le jeu de cartes.

Je ne suis pas repassé par la case départ, donc sans toucher mes dollars, j'ai directement prêté main-forte à l'assistance, la cabane étant littéralement cernée par des bancs de neige. Combien de mètres cubes de poudreuse ai-je repoussé de la galerie ? Aucune idée mais j'ai pensé, alors, à toute cette pénurie de neige que subissaient les stations de ski françaises au même moment, dans le Jura, si j'en croyais la carte postale désespérée que m'avaient adressée mes parents malgré tout ravis de leurs vacances, à condition de ne pas ajouter le complément circonstanciel « d'hiver ». J'ai ensuite grimpé, peu fier, sur le toit du chalet, à une hauteur pourtant pas vertigineuse, et me suis mis au travail de déblaiement.

Les règles d'or nonchalamment énoncées par mes hôtes : « 1 – la gravité est ton amie ; 2 – ne pas pelleter trop profond, sinon gare aux bardeaux d'asphalte. »

J'ai suivi ces conseils et la pente du toit ; après une petite heure de détention neigeuse, mes tendres geôliers m'ont libéré de mes travaux forcés volontaires : si je voulais profiter des attraits de la forêt pour une balade bucolique en raquettes, je ne devais pas tarder, le soleil se couchant dans une heure au bas mot. Je me suis mis en marche — enfin, en raquettes —, en n'oubliant pas de suivre la route, sinon je courais le danger, en m'enfonçant dans les bois, de me perdre au plus profond des environs, bien que le coucher de soleil serait alors le plus réconfortant des repères, éphémère, car un coucher de l'astre lumineux ne dure pas une éternité.

Moi qui n'avais connu que les joies des raquettes en terrain plus facile, je me risquais enfin à une courte mais éprouvante randonnée en montagne avec petites ascensions à couper le souffle sous le regard écrasant de sapins impassibles, et déclinaisons dynamiques de chemins pentus serpentant entre des arbres mis à nu et des conifères majestueux. Au bout de la route au bord de laquelle se dressait timidement le chalet de nos amis, la voie devenait libre mais aussi plus étroite, pour ne plus former qu'un sentier fuyant vers un horizon réfrigéré d'une pureté de vert, de bleu du ciel dégradé dans le blanc des paysages enneigés et que la lumière déclinante voilait sans hésitation. J'écoutais la forêt craquer douillettement, les troncs d'arbre striduler, le vent jouer la comédie, une solitude désenchantée, déconcertante face au reste de la faune endormie, en hibernation.

On dit que la mer est le monde du silence. Celui de la forêt montagneuse en plein hiver ressemble à une respiration entre deux accords, un soupir avant d'entamer la mélodie du bonheur printanier. Au milieu de ce nulle part apaisant et pesant à la fois, j'ai distingué dans la neige des traces que le froid avait altérées puis remodelées à sa guise, laissant à mon imagination effrayée le soin de les interpréter. Je me persuadai que c'était là le résultat d'une chute de branchages ou les empreintes qu'un marcheur de grande pointure avait laissées en travers du chemin. En trappeur de pacotille soudain en proie au doute animalier, je me suis posé la question avec formulation québécoise de rigueur : « C'est-tu des traces d'ours ? » « Mais les ours, ça hiberne pas, à c't'heure icitte ? » Voilà, parler spontanément comme un vieux trappeur du Québec d'antan me rassurait déjà. Pas assez pour m'enfoncer davantage dans ces sous-bois aux hululements persistants. La forêt a quelque chose de magique, mais la magie cache toujours un truc. Et comme je n'avais pas envie d'être confronté à un truc plantigrade, j'ai rebroussé chemin neigeux, hop! effectué un cent quatre-vingts degrés stylisé avec mes raquettes, direction le chalet. Parvenu à bon port, j'ai lu l'amusement teinté d'inquiétude dans les yeux de nos amis. « On allait partir à ta recherche. »

Finalement, j'ai profité de mon repos du non-guerrier en laissant sécher ma chemise à carreaux et mon pantalon de neige au-dessus du poêle où une bûche se consumait tout en se fendant, je l'entendais, de commentaires enflammés à mon sujet. La soirée dans la cabane au Canada — une vraie, dans le bois, sans eau courante et avec quelques trous dans le toit — s'est finie au coin du feu, devant une bonne fondue chinoise puis une partie de cartes.

J'ai perdu la bataille de témérité en forêt inconnue et enneigée, mais avec Chérie tout aussi débutante que moi, nous avons gagné presque toutes les parties de belote.

Histoires de glisser

Pas d'hiver québécois sans glissades. Il y a celles que l'on a hâte d'effectuer tous azimuts sur les pentes indulgentes des plaines d'Abraham ou derrière l'école du quartier, là où la dénivellation offre quelques perspectives de virées virevoltantes sur les fesses ou le ventre, par luge ou planche interposée. Et celles que l'on fait malencontreusement un matin de sommeil inachevé, l'esprit encore embrumé par des rêves de vacances cubaines comme une parenthèse à l'hiver, aux bordées de neige qu'on aime un peu, beaucoup, à la folie, mais certains jours plus du tout.

Après un redoux et le dégel qui l'accompagne, les trottoirs nous font miroiter de belles promenades sans danger et c'est généralement là que tout se termine à terre. Bref, rien d'amusant à parcourir ces patinoires improvisées par la nuit.

Au lendemain de ma piètre expérience de surfeur des neiges, le genre, n'est-ce pas, à ne pas faire de vagues, j'ai embarqué avec Chérie et les enfants direction le Village Vacances Valcartier, haut lieu de glissades (le Mont-Tourbillon en est un autre, moins sensationnel) aussi stimulantes qu'impressionnantes. Comprenez par là qu'entre le sommet et l'arrivée, vous avez le temps d'explorer toute une gamme d'émotions entre les « aaaaah ! » de surprise et les « wow ! » de vitesse, sans compter les « *Oh my God !* », fraction de réflexion qui peut tendre, selon le degré d'inclinaison de la pente dévalée sur une chambre à air ou en rafting ou en toupie, dans ce cas-là avec un tournis supplémentaire, vers la demande d'extrême-onction, jusqu'à ce que vous vous rendiez compte que vous êtes en vie et qu'en plus, vous vous amusez bien.

J'ai testé pour vous les descentes appelées « Himalaya » et classées comme très difficiles. Je me suis abstenu par contre pour l'« Everest », l'attraction la plus vertigineuse de toutes, la plus épeurante comme on dit au Québec, laquelle vous fait grimper tout en haut d'un édifice avant de vous en faire descendre les pieds devant, sur une rampe dont l'inclinaison doit à mon avis faire jaillir le cœur hors de toute poitrine qui oserait s'y aventurer. La gamme de tonalités des cris poussés par les suppliciés descendus en quatrième vitesse de cet échafaud hivernal permet de ne pas s'y tromper. La plus grande des deux filles de Chérie aussi, en résumant à merveille l'expérience : « La première fois, t'as l'impression que tu vas mourir, la seconde, que tu vas mourir d'ennui. »

Comme les trottoirs-patinoires me paraissent inoffensifs, vus du haut des pistes himalayennes du Village Vacances Valcartier !

Mitaine quétaine

Depuis des semaines, elle se dresse fièrement, toisant les passants, dominant la rue contre vents et bordées. Je l'ai vue ployer sous la tempête, darder au firmament d'un soleil pâle affirmant durement sa position entre deux précipitations, s'avachir de fatigue au fil des variations climatiques, cristalliser les colères du froid, fédérer les moments de bonheur du rayonnement du mois de mars.

Qu'importe les troubles, les nuits défilent, les jours se suivent et elle demeure, juchée au sommet d'un piquet de repère pour les déneigeuses. De simple mitaine perdue au milieu de la rue, elle est passée au stade de phare accroché et accrocheur pour les navigateurs-passants qui évoluent les pieds noyés dans la neige puis dans ses coulées monumentales au moment du dégel.

Sa laine accuse les méfaits du temps. Tantôt prise dans les glaces infernales, tantôt rongée par l'humidité du redoux que le calcium dont les environs piétonniers sont aspergés rend amer et corrosif avant les jours heureux du printemps, elle affiche une triste mine, hier blanchie par la splendeur des tempêtes de neige, aujourd'hui grisée par la vitesse du changement saisonnier.

Jour après jour, je l'observe et je remarque qu'elle tente de conserver coûte que coûte sa prestance, son port de tête, que dis-je, de main digne qu'un col en fourrure rehausse malgré l'intempérie.

C'est une mitaine abandonnée et qu'on a laissée plantée là. Je songe à sa sœur démunie, la main orpheline qui devra

passer le restant de ses jours dépareillée, sauf à changer d'or-
nement pour la vie. Des retrouvailles ne sont pas impossibles,
mais il faut faire vite, car au printemps chacune aura perdu
sa raison d'être, au moins jusqu'au prochain hiver.

Moitié de cette paire de mitaines esseulée sur ton piquet,
n'abandonne pas : l'autre partie de toi un jour, peut-être, te
reviendra.

Adorable bonhomme des neiges

Fin février : nouvelle tempête après une semaine de relâche neigeuse. Les flocons forment de plus belle une mousseline qui élève le niveau des rues et des plaines. Chérie et moi enfilons nos raquettes au parc du Bois-de-Coulonge. La semaine d'avant, nous avions déjà eu le loisir d'effectuer une petite randonnée au camping de Beauport, arrondissement au nord-est de Québec, qui offre, notez-le sur vos tablettes touristiques si ça n'était pas encore fait, de belles pistes dans des sous-bois touffus et au bord de la rivière Saint-Charles. La même qui, en été, permet de se rafraîchir au cours de baignades particulièrement vivifiantes.

Par endroits et malgré notre équipement, nous nous enfonçons jusqu'aux genoux, et la lande dégagée tout près des abords surplombe le fleuve, et la marina de Sillery prend des airs de territoire du Nord vierge de toute exploration, sauvage et paisible à la fois. Chérie marche dans mes traces, je suis l'éclaireur néophyte de son terrain de conquête, le guide malgré moi d'une reine des neiges née un jour de tempête.

Au beau milieu de ce nulle part immaculé où quelques grands sapins, beaux comme des rois des forêts, imposent au parc leur majestuosité, nous nous arrêtons et sculptons la nature. La neige donne matière à se promener et à la bonhomie. Chérie la fait rouler, l'entasse, la modèle, l'ajuste et, rapidement, livre un beau lapin des neiges ; deux pièces de un cent — on dira plutôt deux « sous noirs » au Québec — servent à en figurer les yeux, un regard précieux qui fera la bonne fortune de ses heureux découvreurs lorsque la bise sera vaincue. De mon côté, j'ai le maniement neigeux moins facile, j'essaie de faire en sorte que cet amas de flocons prenne corps pour ensuite passer à la tête. Il me faudrait plus de temps, plus de savoir-faire. Chérie me voit façonner ce qui commence à ressembler à un *snowman* venu d'ailleurs. Mon dernier bonhomme — et encore, je parlerais plus de lutin — de neige remonte à plus de trente ans.

Sa conclusion lucide appuie l'idée que je reste finalement très exotique avec une grosse boule de neige entre les mains :

— On voit que tu as plus l'habitude des châteaux de sable !

Et pourtant, la mer ne court pas les rues en Seine-Saint-Denis. C'est dire à quel point mon bonhomme de neige à moi est abominable.

Un coup de main ?

Chérie me le disait encore aujourd'hui : il y a ceux qui subissent la neige, et donc qui ne l'aiment pas, et ceux qui vivent avec, et qui ne font pas que s'en accommoder : ils s'en amusent aussi. Les soirs de tempête peuvent être comme des lendemains de veille, gueules de bois version Québec : soit ça vous fiche mal à la tête, soit vous y trouvez l'occasion de dire qu'une fois de plus vous vous êtes bien amusé. Passée la nouvelle bordée de neige du jour — mars nous aura décidément beaucoup gâtés en précipitations —, j'ai trouvé dans cette accumulation de poudreuse une belle occasion de nouer des liens.

Vers la fin de l'après-midi, la nuit s'est mise à tomber ; Chérie a suggéré d'aller se promener dans les rues immaculées, puis pourquoi pas de déneiger la voiture et toutes celles garées alentour. Pour tout dire et bien que je ne corresponde pas à l'archétype du bon samaritain, j'ai trouvé la proposition stimulante, c'était l'occasion de faire de l'exercice, moins sportif mais suffisamment actif pour brûler toutes les calories que peut vous faire prendre la bouffe régressive et réconfortante — poutines et galvaudes, hamburgers, beurre de *peanut*, barres chocolatées, etc. — que vous pousse à avaler l'hiver québécois. Même mes préceptes de douze fruits et légumes par jour que j'avais emmenés avec moi ont fini sur l'étagère du salon pendant toutes ces journées de la saison blanche et froide : pas assez de protéines et de graisses ; comment croyez-vous que font les ours polaires pour survivre ?

Une bonne heure et quelques pelletées plus tard, admirez le travail, la plupart des autos stationnées sur l'aire de notre immeuble d'habitation furent dégagées, prêtes au démarrage. Deux fois, je fus surpris par le propriétaire d'un des véhicules, mi-heureux mi-suspicieux face à ce qui n'avait vraisemblablement pas l'air d'une plaisante découverte et d'un aveu de service rendu par jeu et par gaieté de cœur. Elle était où, la caméra cachée? Allez, c'était quoi l'astuce? Le second propriétaire n'eut qu'un ou deux petits coups de pelle à donner pour s'ouvrir la voie royale. Sa première embardée ne le mena pas très loin, un tas de neige à la sortie du stationnement avait englué ses roues dans l'impossible inertie du surplace existentiel. Quand il m'a demandé si je savais conduire une manuelle, j'ai jeté un regard étonné à Chérie, qui assistait à la scène depuis la fenêtre du tambour attenant à l'appartement.

— Oui mon amour, n'aie crainte: au Québec, ça se fait de s'entraider!

Il avait dû briller dans mon œil déjà quelque peu réfrigéré une lueur de questionnement culturel teinté de projection anxiogène de l'image du tueur en série nord-américain qui demande à se faire aider pour finalement trucider le malheureux volontaire. Mais là, il y avait un témoin, ouf!

Toujours est-il que mon maniement pourtant non dénué de dextérité du levier de vitesses et du volant de la berline de mon interlocuteur — je n'ai jamais vu autant de choses clignoter sur un tableau de bord, à part lorsque je jouais au flipper, qu'on appelle ici machine à boules, *by the way* — ne lui a pas été d'un grand secours.

Finalement, Chérie est venue à la rescousse de ces deux bonshommes suspendus à l'incrédule immobilité automobile. Le secret, retenez bien ça, c'est de garder ses roues droites quand vous passez dans quelque amas de neige propice au patinage. J'ai aidé en poussant l'énorme voiture, ce qui m'a permis de finir la soirée par un dernier effort quasi haltérophile.

Après ça, allez dire que l'hiver ne maintient pas en forme !

« Toi, tu creuses »

Le lendemain, la neige se montrait toujours aussi peu clémente avec l'automobiliste non initié ou qui aurait en tout cas commis l'erreur de la sous-estimer. Par deux fois, en matinée puis en soirée, je me suis arrêté pour pousser l'auto de malheureux restés pris dans la poudreuse. Quelques coups de pelle encore et une, deux, trois, oh ! hisse. En deux jours, j'étais devenu fournisseur officiel d'huile de coude pour tout le quartier.

La femme anglophone du premier conducteur semblait experte pour dire quoi faire et comment à l'assemblée de ces messieurs venus prêter main-forte à son infortuné mari francophone. Éructant *in english* des « fais pas ci, fais pas ça » sur le trottoir où elle attendait que se produise je ne sais quel miracle routier, elle imposait les pelletées ici et là sur un ton hystériquement impérieux qui ne donnait pas du tout envie de chanter *God Save the Queen*.

Pour calmer mon ressentiment passager et typiquement franchouillard envers la perfide Albion, je me suis souvenu d'une réplique savoureuse du western *Le bon, la brute et le truand* : « Le monde se divise en deux catégories mon ami : ceux qui creusent, et ceux qui ont un pistolet chargé. » C'est bien vrai, ça, ma bonne dame.

Le verre de l'amitié

Tandis que dehors le printemps s'annonçait sur la pointe des pieds, j'ai organisé une petite sauterie pour l'anniversaire de Chérie. J'ai appris, c'est marrant, que « joyeux anniversaire » ici se souhaitait et se chantait « bonne fête ». J'avais pour l'occasion acheté trois bonnes bouteilles de sauvignon blanc, accompagnement de choix pour une soirée sushis mémorable. Une amie anglophone, arrivée un peu plus tôt que les autres, avait apporté avec elle une bouteille d'eau gazeuse, laquelle reste délectable quoi qu'en pensent ceux qui ne jurent que par le vin. Pas moi, ne me regardez pas comme ça…

Quand je lui demande, au moment opportun, ce qu'elle veut boire, « un petit verre de blanc, peut-être ? », elle me suggère avec son mélodieux accent britanno-colombien quelques lampées de ladite eau, puis se ravise et évoque le plaisir de verser éventuellement une petite dose de ce San Pellegrino délicieux dans un verre de sauvignon.

Je la regarde en bon Français suffisant, feignant d'être effaré :

— Comment ? Nous, les Français, nous ne mettons jamais d'eau dans notre vin ! C'est hors de question !

Courses à l'emploi

Un épisode non neigeux ni particulièrement hivernal pour continuer. Au supermarché du coin, j'ai été surpris de constater que des commis se chargeaient d'emballer vos courses pendant que vous finissiez de passer à la caisse et de tout régler. C'est encore une preuve du fameux sens du service « à l'américaine » qui fait cruellement défaut à nos commerces en France. Évidemment, il n'est pas faux de noter que le prix des courses s'en ressent forcément, mais on peut arguer que la prestation a le mérite de créer des emplois. Les petits malins me diront qu'en France, les enseignes de la grande distribution — et même d'autres — ont tout compris : elles ont effectivement trouvé le moyen de vous faire payer les produits toujours plus cher en s'assurant de vous laisser faire tout le boulot. C'est fou le nombre de gens que j'ai vu heureux et persuadés d'être dans le vrai et le moderne en scannant eux-mêmes les produits à la caisse ou en prenant d'assaut les bornes automatiques...

Il a fallu que j'aille vivre à cinq mille kilomètres de là, dans un pays où il neige six mois sur douze, dans une ville où règne l'harmonie, la vraie, pour me rendre compte de l'importance d'avoir affaire, en matière de services comme en tout autre contexte, à des êtres humains, pas à des machines.

Requiem pour l'hiver

Et nous voici rendus au vingt et un mars. Je m'apprête à fêter le sacre du printemps. J'entends déjà les oiseaux gazouiller dans ma tête, j'imagine la flore virevolter, le soleil chanter, la nature gambader tout entière sur scène, chorégraphiée par le retour des beaux jours. Je m'habille moins chaudement ; j'ai remarqué depuis peu que le temps se montrait plus clément, malgré les nouvelles bordées de neige, malgré la persistance — pour mon plus grand bonheur, car, eh oui, j'aime ça ! — du blanc. Je sors célébrer ce jour en allant prendre une marche, c'est un peu mon *Hymne à la joie* du dégel, à peine amorcé mais réel, et les neiges qui fondent entonnent la Flotte enchantée.

La balade sera de courte durée, la représentation du ballet prématurément suspendue, tout au plus sera-ce une fugue, éventuellement un prélude. L'engourdissement gagne mes mains ; ce ne sera pas encore aujourd'hui que je m'improviserai chef d'orchestre de la belle saison. En fait, le temps est toujours froid : cinq ou six degrés, j'imagine.

Fonte des glaces

En France, mars égale giboulées. Au Québec, le troisième mois de l'année sonne le glas de la banquise formée sur les trottoirs et qui donne l'impression, au fil des semaines à partir de fin janvier, d'être coincé dans un seau à glace lors d'un brunch dominical. Toutes ces accumulations givrées finiront bien par fondre un jour, se dit-on en se frayant un chemin entre les bancs de neige que l'hiver façonne à sa guise.

Passé le dix mars, un redoux s'immisce discrètement dans le paysage et les rayons de l'astre solaire dardent avec plus d'assurance sur les montagnes de glace pilée que les chasse-neige et autres machines de guerre chargées du déblaiement ont repoussées, reformatées dans leurs derniers retranchements, sur des plates-bandes qui n'ont plus rien de plat, justement, ni même plus rien d'une bande.

Par endroits, la fonte accélérée de gros blocs enchâssés l'un dans l'autre donne naissance à de véritables plans d'eau, entrelacs qui me font soudain prendre conscience de l'inconfortable situation des ours polaires face au réchauffement climatique. D'un trottoir à l'autre, il faut parfois sauter, éviter les chausse-trappes d'un banc de neige redevenu à l'état liquide et qui cache quelque secret dans ses profondeurs difficiles à mesurer autrement qu'en s'y aventurant toutes bottes bien hermétiques dehors.

Au prochain croisement, j'observe méticuleusement une flaque ; que dis-je, c'est une flaque ? c'est un lac ! Un peu plus et j'essaierais presque d'y déceler des êtres vivants. Encore quelques jours et on y verra des têtards, j'en suis sûr ! Même chose au bord des rues très empruntées. Avec le dégel, les routes s'affaissent ici et là, des brèches s'ouvrent dans le sol, des vallées microscopiques se forment, devenant le creuset de nouvelles formes de vie spontanées où le mouvement des automobiles provoque de mini-raz-de-marée, des chutes d'eau vive sur les passants postés trop près d'elles. La neige fondue ruisselle dans le caniveau, j'entends couler sous mes pieds, l'hiver est en passe de devenir un long cours d'eau tranquille sillonnant les trottoirs puis les réseaux souterrains. Marcher dans les rues prend des allures d'activité nautique. J'arpente le quartier comme d'autres flâneraient sur le fleuve, dans une embarcation champêtre mais branlante. À quelques mètres cubes près, avec toute cette eau que le soleil provoque et dé-chaîne, je troquerais l'habit de neige contre un kayak et une paire de rames.

Qu'elle était blanche, ma vallée

Nous étions toujours en mars ce matin-là et Chérie, attentive à mon parcours initiatique, me demanda ce que j'aimerais découvrir du Québec que je n'avais pas encore eu le loisir de contempler, d'arpenter, de ressentir d'un pas alerte et d'un regard admiratif, et vice-versa. C'est alors que me vint l'idée d'une randonnée dans la vallée de la Jacques-Cartier. Par ce beau dimanche éternellement figé dans les neiges abondantes de février, je me souvins de la fois où elle avait évoqué les charmes de la nature qu'offrait ladite vallée, un trésor de bois, de rivières et de reliefs bucoliques, un condensé accessible de ce que le Québec donne à rêver de plus beau — OK, après la région de Charlevoix —, de plus rustique côté glaciaire. Quelque chose de Jack Londonesque, si l'on eut bien voulu déplacer le concept d'appel de la forêt plus à l'est et au sud.

À quarante-cinq minutes de route de Québec, le parc national de la Jacques-Cartier me transporta en fait à des milliers de kilomètres de mon quotidien pourtant pas si banal et peuplé d'évocations hivernales toutes plus ravissantes les unes que les autres. Nous parvînmes au poste d'accueil du site de la vallée en plein milieu de l'après-midi, à une heure où le soleil finissait sa journée d'ardent travail. L'idée de verser quelques dollars pour poursuivre notre chemin, lequel, ponctué d'ornières elles-mêmes débordantes de neige fondue, se révéla chaotique et cahoteux jusqu'à l'aire de stationnement jouxtant la piste de randonnée choisie, égratigna bien quelques instants mon enthousiasme touristique, mais après tout, il m'était déjà arrivé de payer l'accès à certains sites pyrénéens, en Ariège, en France. La nature est un privilège, sa beauté ne se dévoile qu'à ceux qui sont prêts à en payer le prix.

Notre auto garée pour de bon, nous empruntâmes le sentier indiqué qui nous mena de clairières enchantées, petits coins d'encaissement du paradis où serpentait une rivière reprenant doucement ses droits d'écoulement, en admirables espaces boisés, échantillons représentatifs de la splendeur de la forêt boréale composée de bouleaux jaunes, d'érables à sucre et d'épinettes noires. Par bonheur, les ours hibernaient encore, ce qui rendait la balade plus rassurante et permettait de profiter sereinement de la magie et du calme prodigués par ce havre de rêve, d'une tourbière et d'une sapinière à l'autre.

Ah! sentir l'eau se raviver sous la neige, écouter les arbres bruisser en harmonie avec la verdure qui remontait petit à petit à la surface… Nos raquettes craquaient sur ces restes d'hiver, des miettes de la saison froide que les beaux jours picoraient allègrement. Dans chacun de nos pas l'écho d'un nouveau cycle de vie se répercutait, l'image de la nature figée se remettait en mouvement, défilant au ralenti sur l'écran large et blanc-bleu pâle formé par le panorama de la vallée.

Dans la Jacques-Cartier, le Québec projetait son plus beau versant, et nous fûmes ce dimanche-là les spectateurs privilégiés de ce chef-d'œuvre de bois et de neige vive.

À la Saint-Patrick… (1)

Comme à Paris, sinon plus encore considérant l'importante communauté irlandaise qui demeure à Québec, la Saint-Patrick est ici un jour de fête célébré en grande pompe. Le soir du jour J, les pubs sont pris d'assaut comme la neige fond sur la ville en plein mois de février. Partout, l'on voit des chopes se lever à la santé d'autrui ; la bière verte coule à flots et la musique aussi, pas forcément typique. J'ai personnellement mis les pieds dans un pub pourtant doté de tout l'attirail *irish* et ai eu la surprise d'entendre un chanteur fredonner… du Joe Dassin ! Il faut croire que ma première Saint-Patrick québécoise devait rester sous le joug de la « francité ». Pas de bol.

Quand nous sommes sortis de l'établissement bondé de types arborant tous un chandail à manches courtes vert et de grosses lunettes en forme de trèfles, Chérie et moi avons flâné le long de la rue Saint-Jean à la recherche d'un endroit aux résonances plus appropriées. Tandis que nous nous résignions à rentrer bredouilles de toute festivité irlandaise, nous entendîmes un Français pester contre la file d'attente à l'entrée d'un pub, lieu de fête que nous venions de jauger sans espoir de nous y amuser. L'accent du bonhomme ne trompait pas. Je n'ai pas eu droit à une vraie Saint-Patrick, mais j'ai retrouvé, l'espace de quelques instants, l'ambiance rabat-joie et pourtant tellement réjouissante (!) des soirs de fête dans mon pays natal.

À quoi reconnaît-on un Français dans la liesse générale ? C'est le seul qui trouve le moyen de chialer !

Pour traverser, brisez la glace

Ce lundi, j'ai rendez-vous sur la rive sud, à Lévis. Pour l'honorer, il n'y a pas trente-six façons de faire : pas la peine de chercher midi à quatorze heures, il faut traverser le fleuve. Il y a bien le pont de Québec, le plus grand pont cantilever au monde, oui monsieur, ou, plus moderne, moins typique et moins impressionnant, le pont Pierre-Laporte, du nom de ce ministre du Travail enlevé puis assassiné par la cellule Chénier du Front de libération du Québec en octobre 1970. Mais si vous souhaitez vous rendre dans le vieux Lévis, oubliez-les et préférez le traversier. J'en vois qui seraient tentés de plaisanter : « Et pourquoi pas le *pont-Levis* ? » Ah, ah ! J'y ai pensé moi aussi. En tout cas. Le Saint-Laurent, qui n'a rien des douves, est franchi chaque jour dans un sens puis dans l'autre par des dizaines, centaines peut-être, de piétons et d'automobilistes embarqués sur un énorme bateau capable de briser la glace.

La traversée dure une dizaine de minutes et permet aux plus rêveurs des passagers sur le pont d'admirer de près cette banquise en version édulcorée dérivant à la surface du fleuve.

À l'aller j'observe le rivage du Vieux-Québec, le Château Frontenac se découpe sur ses hauteurs comme une maquette impeccable aux points de colle indécelables. Au loin, à l'ouest, se dessine l'Île d'Orléans. On y produit de bonnes pommes et fraises à la haute saison. Celle-là est accessible par un pont surplombant l'eau d'assez près pour impressionner les habitués des allers-retours rive nord/rive sud, et dont j'apprends qu'il reste impraticable, bloqué, les jours de tempête. Dans ces moments-là, me dit-on, « tu restes chez vous ».

Mais pour l'heure, c'est au port du vieux Lévis que j'accoste. Quatre-vingt-dix minutes plus tard, de retour vers Québec, je vois cette côte érigée de bâtisses en bois et de manoirs de vieilles pierres diminuer à vue d'œil, se condenser jusqu'à ne plus former qu'une multitude de points et de taches, les mêmes que je scrute parfois du haut du parc du Bois-de-Coulonge, d'un œil qui embrasse aussi la marina de Sillery.

À la Saint-Patrick… (2)

À Québec, la Saint-Patrick donne aussi lieu à un sympathique défilé dans les rues, qui culmine à l'hôtel de ville. Chose curieuse, l'événement a lieu cette année le vingt-six mars, donc bien après le jour J. Qu'importe la date, quand nous nous y rendons ce samedi ensoleillé qu'un vent froid vient gâcher un peu de temps à autre, l'esprit de fête est bel et bien là. Rue Cartier, nous voyons passer le cortège, musiciens, danseurs, représentants divers et bariolés de la culture celtique. Même les fanfares des polices de New York et de Boston ont répondu à l'appel.

Quand un groupe de danseurs portant le costume bigouden traditionnel et précédé du célèbre drapeau breton dessiné par Morvan Marchal — comme un écho à celui du Québec, les lys en moins, les mouchetures d'hermine en plus — déboule, mon cœur s'étreint. Je ne suis pas Breton, mais l'image me rapproche quand même de mon Île-de-France natale : de cinq mille kilomètres au bas mot, me voilà projeté à cinq cents de Paris. Finalement, quand le défilé s'éternise avec les éclaireurs de Québec et les clubs de foot irlandais du coin, Chérie et moi décidons de devancer la troupe ; nous remontons direction place D'Youville, puis vers la rue Saint-Jean, bientôt suivis par des hommes en vert et en kilts. Quand nous nous arrêtons près de l'hôtel de ville, les Bretons sont de retour dans le défilé. En fait, ils n'ont pas cessé de danser et de tournicoter.

Pour la peine, lorsque nous redescendons, nous faisons halte dans une crêperie où les serveuses, croyez-le ou non, portent toutes, et toute l'année, une coiffe et des broderies bigoudènes.

L'hiver n'a pas dit son dernier mot

Le vingt et un mars, il s'était remis à neiger. J'étais content, car j'aime la neige. Mais quand même, le printemps commençait bizarrement.

Nous sommes maintenant, quoi, le vingt-huit, et le temps oscille. Les journées sont faites d'un soleil incertain. Le ciel se tiraille et je me dis « ça caille ! ». Je pensais remiser mes bottes d'hiver, une fois de plus. Même chose pour le foulard, la tuque, etc. Las ! Le froid, comme un petit diable piquant les fesses de Miss Météo de sa fourche à trois dents, se rappelle au bon souvenir de ceux qui pariaient sur sa fin. Je n'en aurais, pour ma part, pas mis ma main à couper : l'hiver s'en est presque chargé hier quand je suis sorti sans mes mitaines.

Poisson, heu, flocon d'avril !

La neige s'est mise à fondre. À nouveau, c'était les Grands Lacs dans la rue, la fête à la grenouille dans les caniveaux. Au petit matin, parfois le gel avait fait des siennes. Ça glissait dans tous les coins, ça se cassait même la gueule, bref ça ne rigolait pas malgré l'hiver finissant. On avait l'impression, ces jours-là, que la saison ne voulait pas céder sa place ; ou alors qu'elle se laissait crever, excusez du peu, à petit feu. Une lente agonie qui nous vidait tous de notre énergie parce que, mine de rien, quand le chaud t'étreint quelques jours et qu'un vent glacial te saute sur le paletot le lendemain, tu y laisses des forces, même en te gavant de trucs bien « protéinés » comme une poutine ou, menoum, une galvaude. C'est un peu comme lorsque tu fêtes Noël et compagnie : à un moment, tu n'en peux plus. Tu n'as tellement fait que bouffer et déballer, accessoirement, des cadeaux que tu n'avais pas demandés, que t'es « pu capab' », comme disent certains Québécois.

On en était là et mars s'est conclu, mi-figue mi-raisin. Avec l'espoir de jours rayonnants. Alors quand il s'est mis à neiger le premier avril, forcément, je me suis demandé si ça n'était pas une blague, une facétie des cieux. Chérie, qui, comme chaque fois que des précipitations neigeuses s'abattaient sur nos têtes, vérifiait que la mienne affichât toujours la même candeur climatique, n'a pas pu s'empêcher de sourire en constatant mon étonnement teinté de perplexité. Je me suis vite repris.

— Waou, il neige !

L'espace d'un instant, j'avais oublié que j'ai de l'humour. Quel farceur, quand même, ce climat québécois.

Soleil, raquettes et cabane à sucre

Avec le dégel vient le temps de la cabane à sucre. Dès la fin mars, les exploitants des érablières récupèrent la sève et l'eau qui s'écoulent de leurs arbres pour fabriquer de la tire et du sucre. Dans les moindres recoins champêtres, l'on voit alors des cabanes et chalets qu'on avait repérés fermés tout l'hiver soudain s'ouvrir au monde, lequel afflue en famille avec les premiers beaux jours. Ou moins beaux, puisque l'hiver s'en mêle.

C'est l'occasion pour petits et grands d'accourir la palette à la main pour recueillir à la surface des auges remplies de neige la tire d'érable que les sucriers viennent de déverser et qui durcit au contact du froid. J'avais déjà goûté à la tire — expérience très… collante, n'est-ce pas — mais hors-saison cabane à sucre, en février de l'année précédente. Cette fois-ci je me suis prêté au jeu printanier et aux joies artistiques du lieu. J'ai dévoré un cornet au sucre d'érable, mhhmmm, délicieux, et regardé avec des yeux d'enfant les sucriers faire bouillir leur mixture. Il faut quarante gallons* d'eau pour faire un gallon de sirop. Le saviez-vous? Moi, non. Dans les vapeurs du sirop d'érable cuisant à gros bouillons près de badauds gourmands et pressés de se sucrer le bec, j'ai perçu toute la saveur de ce moment unique, consécration généreuse de l'arrivée des beaux jours.

---

* Le gallon impérial, encore utilisé en acériculture au Québec, vaut exactement 4,54609 litres. À ne pas confondre avec le gallon US qui vaut exactement 3,785411784 litres.

La veille, j'avais profité de ce que je considérais comme les dernières neiges en marchant tranquillement en raquettes dans le sous-bois près de la cabane, déjà envahie de promeneurs friands de ces sucreries. Moins dense, la neige annonçait, dans son état de glace pilée propice à la dégustation de tire, ce passage de relais entre plaisirs saisonniers.

Parenthèse postale

Je passe au bureau de poste en fin d'après-midi et c'est, je crois bien, la seule sortie de ma journée. Il fait gris, froid, humide, rien de très engageant.

Au guichet, il me manque quinze sous ; je me dis que j'ai jusqu'à vingt et une heures pour repasser et expédier mon pli. Mais en fait, je suis de retour quatre minutes plus tard, cette fois-ci avec un dollar de plus. L'employée s'étonne de me revoir de sitôt.

— Vous êtes le frère de Superman ?

— Non, juste un cousin éloigné, du côté de ma mère.

Le dégel accroît les superpouvoirs, c'est bien connu.

Avril se découvre d'un fil

Ces derniers jours, le soleil persistant et des températures très légèrement au-dessus de zéro confèrent à l'atmosphère un petit air printanier, voire estival.

Je sais bien qu'il fait encore « frette », mais la lumière a changé. Le ciel a troqué son blanc-bleu pâle contre un azur plus dur, plus sûr, à peine entaché par les zébrures de nuages dissidents et les traînées des avions en partance pour des paradis balnéaires ou le Vieux Continent. Les rues s'animent tout à coup de figures de *skateboard* et du démontage des abris Tempo ; l'herbe roussie par le froid gagne du terrain, abandonnant les résidus de neige à l'état d'îlots circonscrits aux zones ombrageuses. Partout où les rayons du soleil pointent leur nez, le blanc manteau se retire, prêt à être rangé dans la garde-robe. Il y a bien eu quelques rechutes, le froid m'obligeant même, certains matins, à revêtir ma canadienne, mais on sent bien que le vent tourne, emportant avec lui la saison froide. La pauvre se débat, lutte, tente une percée à contre-courant, mais elle s'essouffle, cela se voit. Ses derniers alliés, bancs de neige maculée par l'éveil à la vie, l'auront bientôt quittée aussi. S'ils occupent encore un tiers du territoire, leur retrait définitif, reddition devant la proche floraison, n'est plus qu'une question de jours.

Nous sommes le huit avril et, en signe de soutien au soleil, j'écris depuis mon balcon. Il y a deux soirs, j'ai déballé de leur carton d'origine ma table et mes chaises de jardin. Elles m'ont suivi depuis la France et n'attendaient plus que d'être réinstallées. En septembre dernier, elles assuraient encore de bons et loyaux services en Seine-Saint-Denis, dans la petite cour arborée de ma jolie maison de ville. Elles n'ont rien perdu de leur éclat. Les dresser sur cet espace réduit fut comme un geste symbolique, une accélération du mouvement printanier.

Bon, ne nous emballons pas : j'écris vêtu d'un blouson et d'un foulard.

Comme neige au soleil

Déjà plus d'une semaine que j'ai disserté allègrement sur l'arrivée providentielle du soleil. Entre-temps, devinez, il s'est mis à neiger. Oui, un seize avril. Les premiers rayonnements furent de courte durée ; déjà, au milieu de la semaine, le fantôme de l'hiver hantait les rues, pourchassant les passants les bras tendus, son souffle mêlé au vent qui nous glaçait jusqu'aux os. Il y avait anguille neigeuse sous roche.

Samedi soir, ça n'a pas raté. Oh ! je n'ai pas changé d'avis, non : j'aime toujours la neige. Mais après avoir connu l'euphorie des premiers beaux jours, ces chutes sonnèrent comme les réminiscences d'un hiver qui ne veut pas rendre l'âme sans fendre un peu la vôtre. Soit.

Le vendredi avait pourtant été une belle journée. J'avais rejoint Chérie, à bicyclette, sur la terrasse d'un restaurant de la Grande-Allée ; le soleil brillait d'un éclat qui n'était pas trompeur, et nous avions passé l'après-midi au Salon du livre de Québec, lequel m'a plus enchanté que celui de Paris, sans doute parce qu'il se révèle à taille humaine. Mais on y dépense tout autant, et les tentations livresques vous coûtent aussi cher.

Bref, tout incitait au plaisir et au plein air, jusqu'à ce que samedi, la grisaille s'en mêle. Puis le vent, puis la neige. Les arbres semblaient avoir replongé dans leur léthargie, soudain plus dépouillés que jamais. Le ciel s'embuait, prenait des teintes violacées comme un orage surpris par le froid — et qui perdrait bien évidemment la bataille. Le week-end a pris des airs de villégiature dans un chalet au cœur des montagnes.

Chérie et moi rêvions d'un bon feu de foyer ; moi parfois à l'Europe aussi, je l'avoue, elle à toute autre destination au mercure plus élevé.

Pour nous consoler, nous avons écouté un film, un thriller très passable avec Michael Douglas. Attention, ici les annonceurs prononcent le nom des acteurs à l'américaine, avec un accent parfait, pas comme nos nouilles télévisuelles de France parlant d'un film « ce soir avec Mikaeul Douglace ». L'acteur effectue dans cette production le service minimum au cœur d'une intrigue pas bête mais rocambolesque qui, à vouloir toujours prendre le spectateur par surprise, se montre limite risible. Ça s'appelle *Contre tout doute raisonnable*, pour les curieux cinéphiles, et c'était sans aucun doute un film raisonnable pour un soir de mauvais temps. Un suspense que nous avons suivi sans manger de maïs éclaté, après quoi Chérie m'a fait découvrir l'humour de Patrick Huard. Ah ! On se vante en France d'être capable de rire de tout et d'attaquer en règle tout ce que la bienséance nous oblige à respecter. C'était peut-être vrai au temps des Desproges et compagnie, mais aujourd'hui notre vivier de « comiques cinglants », donc autrement que troupiers, me paraît bien tari. Huard en tout cas, même s'il met avec une joie non dissimulée les pieds dans le plat afin de bien choquer le bourgeois local, tape dur là où ça fait le plus mal, et le plus rire. Un spectacle égocentrique où l'artiste, par ailleurs acteur et réalisateur pas manchot de films qui ne se cantonnent pas à son humour de scène, parvient à retourner en sa faveur le nombrilisme outrancier dont il peut faire preuve, jouant du thème des relations entre hommes et femmes à travers la narration hilarante, absurde, décomplexée, triviale aussi, de ses propres histoires. Une heure trente de cette énergie ininterrompue a suffi à boucler la soirée et remplir le quota d'hilarité requis pour passer une bonne nuit : crampé de rire avant d'aller au lit, voilà qui aide à l'appréciation du dimanche matin même un peu gris.

Dimanche, justement, la neige avait en partie fondu et la pluie s'est jointe à l'assemblée, ce qui donnait un air d'automne, un peu triste, à l'ensemble. Pas le genre à vous convaincre d'aller vous promener. C'est pourtant ce que nous avons fait, quand le soleil a tenté avec succès une petite percée dans l'après-midi. Nous sommes allés, de notre propre aveu, jouer les touristes dans le Vieux-Québec. Entièrement revenu à l'état liquide, le fleuve se laissait contempler depuis l'extrémité de la Citadelle. C'était comme redécouvrir la ville tout à coup. Mais par endroits, la neige s'immisçait encore dans le paysage, une butte recouverte de blanc ici, quelques amas de vieille poudreuse sale là. Ce n'était plus qu'une question de temps.

La courte échelle (pas si courte)

C'est une belle journée qui commence. Avril impose ses couleurs, pour de vrai. Pour la peine, j'écris quelques lignes attablé au balcon. Mais c'est vrai que le ciel bleu et la luminosité ardente du jour font office de leurres : au bout de dix minutes, j'ai les mains engourdies par le froid.

Plus tard, je pars en balade. Dans une des rues résidentielles, une voix m'interpelle : celle d'un type haut perché, un couvreur bloqué sur le toit d'un cottage. Son échelle télescopique n'était pas fixée et a dégringolé dans l'allée. Tu parles d'une galère !

Évidemment, j'accepte de l'aider ; je ne vais pas laisser ce pauvre type attendre des heures sur le toit qu'un passant expert en escalade ou les secours débarquent. En plus, la propriétaire de la maison est sourde comme un pot. Et même, je vois mal la mamie porter l'échelle à bout de bras.

Je replie l'échelle et la lève, mais je dois m'y reprendre. Ce n'est pas que c'est trop lourd : c'est trop long. Déséquilibrant, vraiment. La première tentative de levée de l'outil de travail démesuré du bonhomme me donne l'occasion d'expérimenter la gestuelle d'un acteur du cinéma muet. Entre Chaplin et Harold Lloyd, avec un petit côté Buster Keaton, je finis avec la tête entre deux barreaux, l'échelle m'emportant presque dans sa chute. Là-haut, le couvreur ne rit pas, il compatit. Bon, il me donne un conseil et m'invite à lever les bras plus haut et à me poster bien en face. Cette fois, ça y est, l'échelle atteint le niveau de la gouttière. Ne reste plus qu'à hisser la partie télescopique sans perdre l'assiette de l'échelle. Oui… Non… Encore une légère poussée. Voilà. Le type peut tendre la main, accrocher l'échelle à ses pieds, la fixer solidement au niveau du toit. Je me contente d'ajuster la base un peu branlante — il avoue qu'il faudra réparer l'engin, quand même, au moins ses cales — et de tenir le tout pendant qu'il descend.

Ouf! le voilà rassuré. Il me serre la main, me dit qu'il ne sait pas comment me remercier, qu'il va penser toute la journée à ce coup de main que je lui ai donné. L'effusion québécoise, c'est ça. Même un gars tout en haut de l'échelle peut chaleureusement vous remercier.

Fondu au blanc

Cette fois, nous y sommes. Oh! on peut dire qu'il reste encore un peu de neige dans les recoins où le soleil ne brille jamais et là où elle fut entassée sur plusieurs mètres de haut. On n'érige pas une montagne en deux jours; même chose quand il s'agit de la faire disparaître, pas vrai? Présentement, les rues ressemblent aux étalages d'un grand magasin d'hiver en fin de stock, voire en liquidation totale. On sent les gens plus enjoués, la vie extérieure reprend ses droits, je croise des écureuils courant d'un arbre à l'autre à proximité d'un Jean Coutu ou du dépanneur du coin. Le code vestimentaire se cantonne encore aux manteaux épais, les mitaines sont remplacées par des gants plus légers. On n'a pas encore troqué la laine contre le coton doux et fin, le foulard reste d'actualité, la tuque aussi à la rigueur, selon les jours et la force du vent, mais attention! les lunettes de soleil se justifient désormais face à l'éclat persistant des beaux jours.

Bientôt, ce seront les pluies du printemps, la floraison, l'apparition des manches courtes, les veillées plus longues sur les balcons, les sorties en bicyclette au quotidien. Les pluies régénératrices effaceront toute trace de l'hiver, laveront la terre et les trottoirs du dernier affront de la saison froide, et le dégel des derniers amas de neige révélera bien quelques surprises de la nature dans ses offices les moins élégants. Imaginez le réchauffement de milliers de crottes de chien, enfouies sous la neige. Les jardins auront besoin d'une séance d'entretien pour se refaire une santé végétative; les maisons, d'un petit coup de rafistolage: l'hiver éprouve vraiment les plus vieilles bâtisses. Les voitures, d'un bon lavage : sérieusement attaqué par le sel, le châssis des automobiles locales s'abîme beaucoup plus vite qu'en Europe, étant donné tous ces trajets effectués sur des routes couvertes de calcium par temps de neige.

Cela fait presque cinq mois que je suis arrivé sur ces terres enneigées. L'hiver m'a accueilli, comme les habitants, à bras ouverts, et m'a serré si fort contre lui que j'ai presque du mal à m'en dépatouiller. J'ai passé avec succès mon baptême de l'hiver québécois : « T'es ben plus Québécois que ben des Québécois », plaisantait Chérie en forçant l'accent, un jour que j'évoluais en raquettes dans les bois, une fois de plus avec enthousiasme.

L'éclosion du printemps rend paraît-il les Québécois fous de joie ; on ne les reconnaît plus, comme s'ils sortaient de leur mode survie ou d'un long coma ; comme si l'hiver avait mis en sommeil une extraversion rayonnante que les beaux jours réactivent dans des tonalités hautes en couleur...

Je suis curieux d'assister au spectacle de la nature reprenant des teintes joyeuses, de l'ambiance retrouvant une chaleur autre que celle prodiguée par un bon feu de foyer.

Question subsidiaire

Ce matin en me levant, j'ai regardé par la fenêtre. Le soleil était toujours là ; pas de grisaille pour contrecarrer ses plans, pas de blancheur envahissante à l'horizon.

J'ai quand même osé une question. Chérie m'avait déjà gratifié d'une remarque semant délicieusement le doute, un jour récent où je venais de publier sur mon profil Facebook les photos de ma marche en raquettes sur les dernières neiges de la saison. « Les dernières ? N'en sois pas si sûr... » m'avait-elle écrit.

— Tu crois qu'il peut encore neiger ? lui ai-je demandé innocemment.

Ben, là ! La perspective n'avait pas l'air de la ravir. Hum. Surtout, ne jamais contrarier la femme que vous aimez.

Je la revoyais encore secouer la tête, découragée en regardant tomber la neige du seize avril. Là, elle s'est contentée de sourire ironiquement.

— Attends mon amour, tu n'as encore rien vu !

Mais évidemment, elle parlait de la nouvelle saison qui s'en vient. Ça ne pouvait être que ça, pas vrai ?

Rebondissement

J'ai fini le chapitre précédent guilleret, satisfait du travail accompli, qui plus est au soleil. Et là, que vois-je par la fenêtre le lendemain matin ?

Une tempête de neige ? Ben voyons donc ! Et quelle tempête en ce jour du vingt avril ! Ça souffle, ça tourbillonne fort dans les rues, et les flocons s'entassent, la chaussée enfle de poudreuse à vue d'œil.

Je me revois sur les trottoirs de février, au cœur du tumulte, dans la blancheur d'un climat où l'hiver déchaîne ses forces.

Mes deux furtives sorties de la journée, avec manteau, foulard et bottes adaptées, les mêmes que je pensais avoir remisées pour de bon, m'ont projeté dans un autre espace-temps. Les vingt centimètres de neige tombés pendant plus d'une dizaine d'heures ont un effet définitivement anachronique sur mon existence du jour.

Dans la nuit, les camions de déneigement ont réapparu. C'est un retour en arrière, un retour en hiver. Pour le printemps et le soleil, le Québec vient de perdre son tour à un grand jeu dont il ne maîtrise visiblement pas les règles.

Vous connaissez le truc : à la fin du film, les héros s'en sont sortis presque indemnes, l'homme et la femme vont enfin pouvoir s'embrasser sur fond de soleil couchant, voire sous les applaudissements des spectateurs pris d'affection. Et là, paf ! le méchant ressurgit qui n'était pas mort malgré les dix balles reçues, malgré la chute du haut de la falaise, malgré ce dernier coup d'œil prudent, vers le bas, du héros que rien, en principe, ne pourrait encore surprendre.

Eh bien c'est exactement ce que viennent de faire l'hiver et sa complice la neige.

Jour de ciel bleu

La tempête de neige, le froid, tout ceci appartient déjà au passé. Oh! il y a bien quelques petits amas de neige encore vivaces; la dernière persistance de l'hiver a laissé des traces.

Les Québécois à qui j'en parle en secouent encore la tête, désappointés. Plus d'une semaine après la tempête, l'événement prend des allures d'histoire drôle absurde. En allant acheter des chocolats de Pâques, Chérie a ri avec le vendeur de mon goût presque immodéré, j'ai bien dit « presque », pour l'hiver et la neige.

— Coudonc, mais c'est de sa faute, alors! s'est exclamé le commerçant.

À présent, tout va bien. Le ciel se débat encore un peu, mais le bleu résiste. À l'heure où j'écris ces lignes, j'observe le Saint-Laurent libéré des glaces, coulant des jours printaniers sereins. Les goélands s'en donnent à bec joie. Les cyclistes et promeneurs, eux, à Québec joie, en chandail à manches courtes pour les plus téméraires.

Voilà. La vie a repris son long cours, pas si tranquille que ça.

Je vois du gris se rapprocher dans l'horizon, découpé avec une régularité mathématique par les enchevêtrements métalliques du pont de Québec et, derrière lui, plus placidement, par le pont Pierre-Laporte; mais c'est un gris chargé de perles de pluie. Tout va bien. C'est le printemps.

J'aime la neige, mais y a des limites.

Table

GARANT DES FORÊTS
INTACTES

Achevé d'imprimer en avril deux mille douze
sur les presses de

(Québec), Canada.